山々はダイヤモンドの染み込んだ暖かい陽光を孕み
小川は愛らしい花嫁のように黄金色の微笑みを湛え
大き
檀の群生と色とりどりの胡椒が繁り
っの楽園はあるかもしれない

〝Lalla Rookh / Paradise and the Peri〟Thomas Moore

Paradise NoiSe

Matsuri Murase

1　甘さと甘さの代償

女装した自分を鏡や録画で見ていると、そこにいるのがだれなのか、だんだんとわからなくなっていくことがある。

手の指や、眉や、口元といった個々のパーツをそれぞれじっくり観察すれば、なるほど見慣れた自分の身体なのだけれど、いったん視点を引いて全体像を眺めてみると、村瀬真琴という人間としてひとつにまとまって認識できない。

だれだこいつは？

ひとたび認識し損ねると、細い土管の中に放り込まれてどこまでも滑り落ちていくような空恐ろしい感覚に囚われる。

実際に女装して鏡の前に立っているときはまだいい。ウィッグを毟り取り、化粧を落として着替えてしまえば簡単に村瀬真琴に戻れる。でも、自分の演奏動画を見返しているときにこの自己喪失に遭ってしまうと抜け出せなくなった。ブラウザを閉じても、ＰＣの電源を落としても頭の隅に居残り続ける。世界中の人々の端末に今もダウンロードされて観察されているのだ、と考えると違和感の肥大化が止まらなくなる。

落ち着くための特効薬は意外なところにあった。

あまり認めたくはないことだけれど、姉の卒業アルバムの中である。

昔から、似ている姉弟だとはよく言われてきた。自分でも認めるのにやぶさかではない。

服もしょっちゅうお下がりをもらっていたし、僕の記念すべき（？）第一回の女装も姉の高校時代のセーラー服だった。

そして、アルバムを開くとそこには動画でおなじみの少女が写っている。

年の頃は今の僕と同じ。着ている制服も演奏動画の僕と同じ。髪型も同じ。高校の頃はまだ姉も眼鏡をかけていなかったので、ほんとうにぴったり一致する。

ああ、こいつだったのか、と僕は安心する。自己欺瞞だけれど。

＊

「マコ、ちょっと私の彼女の振りしてくれないかな？」

学年末も迫ったある日、姉が夕食後にいきなりそんなことを言ってきた。

「……は？　もう一回言って？」

聞き間違いだろうか、と思ったけれど、どこをどう聞き間違えたのかも見当がつかなかった。

姉は不機嫌そうにもう一度言った。

「だから、私の、彼女の振りをして」

「意味がわからないんだけど……？　彼氏の振り、じゃなくて？」

「彼氏の振りはあんたじゃ無理でしょ」

「どういう意味で」

「え？　私の彼氏に見えると思ってるの？　本気で？」

心底意外そうに姉が言うのでむちゃくちゃ腹が立って自分の部屋に引っ込んだ。さして悪びれもせずに姉は追いかけてくる。

「悪かったってば。話聞いてよ」

「まともに話すんならね！」

「あんたがそんなに私の彼氏の振りをしたがってるとは思わなかった」

「そっちがまず話聞けよ！　そんなん一言もいってないけどっ？」

「先月義理チョコばらまき過ぎちゃってさ」

僕の憤りを無視して姉はベッドに腰掛け、話し始める。

「一人しつこいのに勘違いされて、からまれちゃって。ゼミの先輩なんだけど。忘年会とか新年会とか一緒に飲む機会が多かったからかなあ。二人で遊んだのは一回だけなのに」

「姉貴そういうのしょっちゅうじゃん。なんかこう、もっとがっつり対策したら」

この女、十代の頃からめちゃくちゃモテていて、これまでに僕が知っているだけでも十人近くの男とつきあったことがあるのだけれど、一ヶ月以上続いたためしがない。いけるかと思ってつきあってみたけどやっぱだめだったわ、とか言って毎回自分の方からさっさと捨ててしまうのだ。

「うん。だから今回はちゃんと対策した」と真面目くさって言う。「男には興味がないっていう設定にしたんだよね」

「……なんでそんなめんどくさそうな嘘を……」

「彼女もいる、って言っちゃって」

　それで彼女の振りをしてくれなんて話が出てきたのか。

「女友達に頼みなよ。なんで僕に」

「私の大事な友達をそんなことに巻き込めないでしょ」

　弟は大事じゃないのかよ？　……と勢いで訊きそうになってすんでのところで思いとどまった。さすがに自分でそんなことを言うのは気持ち悪い。

「それに、彼女だなんて言って引き合わせたらさ、その娘が男に恨まれたりつきまとわれたりするかもしれないし」

「僕もそうなるかもしれないんだけどっ？」

「マコは大丈夫だよ。だって女装だもん。存在しない女だから」

「あ」

なるほど、と一瞬思ってしまった。いけない。

「そんなわけでよろしく。先輩のバイト先知ってるからさ、偶然みたいな顔して二人で行って、見せつけて、帰ってくる。それだけ。楽でしょ？」

「えええええ……あの、いや、ちょっと待って、それって女装して外出するってことだよね」

姉は目を丸くした。

「そうだけど。いやなの？　今さら？　何度もやってんでしょ」

「外を出歩いたことはないよ！　さすがに恥ずかしいよ！」

「動画あげて百万再生されたりステージでスポット浴びたりしてる方がよっぽど恥ずかしいでしょうが、あんた感覚おかしくない？」

頭の中で血が凍る音がした。

言われてみれば、たしかに。いや、しかし！　なんていうか、その、舞台でパフォーマンスとしてやるのとプライベートで街を歩くのとはまたちがうっていうか！

うまく言語化できず、僕は別方面から最後の抵抗を試みた。

「いや、でもさ、……あんま自分で言いたくないけど、……僕って女装すると姉貴そっくりになっちゃうじゃん。妹だと思われて終わりじゃないの」

「なに言ってんの。動画のあんたが私に似てるのはそういうふうにコーディネイトしたから。彼女役やらせるときは似ないようにするよ」

そうだったのか。知らなかった……。

万策尽きた僕は押し切られ、彼女役を引き受けてしまった。前にも書いたが僕には姉に有形無形の大量の借りがあるのだ。最終的には頼みを断れない。

「ただで、とは言わないよ」と姉は憐れみの目で言う。「もうすぐホワイトデーでしょ。お返し選ぶの手伝ってやるから。どうせ何個ももらってんでしょ」

「ああー……それは……」

正直、とても助かる。癪だから口に出しては言わないけれど。

＊

作戦決行はその週の土曜日だった。

朝から姉は僕の髪と顔をいじくり回し、入念に『彼女』を造り上げた。服ももちろん姉のものを着せられる。

「はああ、うまくやるもんねえ。これで食ってけるんじゃないの」

右側から母が言う。

「二人とも母さん似の美人に育ってよかったよ。俺似じゃなくて」

左側から父も言う。

「って、なんで二人して観察してんの？　向こう行っててよ！」

「ちょっと二人で並んでよ、写真撮るから」

「来年の年賀状に使おうか」

「やめてくれよ！」

しかし姉にがっちりと後ろから組み付かれ、母に撮影されてしまった。

シェアされたその写真をあらためて見ると、姉の手腕に感心せざるを得ない。

たしかに——あまり似ていない。

姉はクリーム色のカシュクールワンピースの下に濃いめのベージュのタートルネックというがっつりガーリーなかっこうで、一方の僕は空色の開襟シャツに白のロングパンツ。ウィッグも無しで、地毛をそのまままくるくるふわふわな感じにまとめ上げている。なぜこれで女に見えるのかわからないのだが、ちゃんと女装になっているのだ。パンツのしゅっとしたラインのせいか、ごく目立たないながらも化粧をしているせいなのか。

「ううん、お母さんもこの子連れて歩きたいわ。色んなとこ行って見せびらかしたい」

「今度貸してあげる。じゃ、行ってきます」

僕を完全に物扱いした会話の後、我々姉弟は家を出た。僕の女装には理解があるくせに僕の人権にはまったく理解がない村瀬家だった。

駅に向かう道すがら、知り合いに出くわしませんように、と祈る。今回はかなり控えめな女装なので遠目でも村瀬真琴だとわかってしまう気がする。

祈りもむなしく、駅前広場を横切るときに声をかけられた。

「あれ？　真琴ちゃん」

跳び上がって姉の脇に隠れた。朱音だった。近所に住んでいるのでこうして遭遇する可能性もないわけではないのだが、なぜよりにもよって今日！　と僕は神様を恨む。

「……と、お姉さん。こんにちは！」

バスロータリーを向こう岸から大きく迂回して駆け寄ってくる朱音は、手に買い物袋をぶら下げていた。僕のまわりをぐるぐる回って全身を観察する。

「どしたのどしたの、かわいいかっこして！　姉妹デート？」姉妹って言うな。

「そう。なかなかのもんでしょ」と姉は言って僕の両肩をつかみ、朱音に向かってずいと押しやる。僕としては顔を精一杯そむけるしかない。

「真琴ちゃんの女装はけっこうやり尽くしたかと思ってたけどまだ新境地あったんだ」

「朱音ちゃんのチョイスは真琴の少女な面しかクローズアップしてないからね。まだまだ」

なに張り合ってんのこの人……。ていうかいつの間にそんな仲良くなってんの？　実は僕の知らんところでコンタクトとったりしてたのか？

「お姉さんのコーデ勉強してみたい！」

「今度いっしょに服買いに行こう」

「やったあ！」

じゃね！　真琴ちゃんもまたね！　と言って朱音は駅の方へ走っていった。

プラットフォームで電車を待つ間、姉がつぶやく。

「あの娘とは、どうなの」

「どう、って、なにが」

「だから、最近どうなの」

なにが訊きたいのかいまいちよくわからない。

「んん……？　まあ、うまくやってるよ。逢ったばかりの頃は色々と不安定だったけど、今はもう、うちのバンドの柱だし。もともと才能の塊みたいなやつだからね。自信持って演ってくれればいくらでもすごいプレイが出てきて」

「バンドの話じゃなくて」

「はあ？　バンドメンバーなのにバンドの話じゃないってどういうこと」

「訊きたいことはもうわかったからいいけど」

なんなんだよさっきから？

くだんの男がアルバイトしているのは、ショッピングセンター内のフードコートにあるクレープ屋だという。

僕らは池袋で降り、地下道を通って店内に入った。週末なのでかなりの人出で、食品街の人気菓子店にはどこも行列ができていた。エレベーターもぎゅう詰めだ。知らない人と密着状態だと不安がこみ上げてくる。女装だとばれるんじゃないだろうか。なんでこいつ男なのに、と思われてやしないだろうか?

婦人服売り場のある三階で姉が僕の手を引いてエレベーターから降りてしまったのでびっくりして訊ねる。

「フードコートって屋上じゃないの」

「せっかく出てきたのに、つまんない用事だけ済ませて帰るのもばかばかしいでしょ。買い物してこうよ」

それはその通りだったが、楽器店や書店ならともかく、婦人服売り場なんて回ったところで僕は面白くもなんともない。

「マコもたまには自分で服買いなよ。服選べない人間になっちゃうよ」

「もうなってるよ、おかげさまで……」

服に金を使うくらいなら楽器かソフトか本を買うし、姉と体型がほとんど同じなのでいくらでもお下がりが降ってくるし、僕に着せてみたいという服をわざわざ買ってきてくれることもある。ファッションセンスと無縁の男ができあがるのは当然だった。すみません。

「私としては、自分で着るにはちょっと攻めすぎかなってのとか、買っちゃったけど失敗したなってのとか、全部あんたに押しつけられるからいいんだけどね」

「薄々そうかなって思ってたけどほんとうにそうだったのか……」

一応は姉もユニセックスの服を回してくれるので、とくになにも気にせずありがたく着ていたのだけれど。

「あ、これ、どう。Vネックのニットって春物だと胸がちょっと強調されすぎちゃってて私が着るとどうかなって感じなんだけどマコならいけそう」

店員もにこにこしながら寄ってきて姉と話し始める。

「お連れ様ですとトップスのシルエットをふんわりした感じでボトムで引き締めますと全体がものすごく――」

「ですよね。インナーにピンクとか合わせて」

お連れ様。実に万能で当たり障りがなくて便利な言葉だ。婦人服売り場に男が忍び込んでごめんなさい。実は気づいてたり……しない？　しないよね？　もうほんとまわりの目が気になってしょうがない。

三階と四階のウィメンズフロアをじっくり二時間かけて巡った後、姉はレストラン街に足を向けた。

「フードコートに用があるんだからそこで食べればいいんじゃないの」

「やだよ。野暮用のある場所でついでみたいに食事したくない。それに、一応はあんたに面倒かけてるわけだしご馳走しないとね」

それはまあそうか。姉にも人の心があったようだ。僕の両手は買い物袋でふさがっていてだいぶくたびれていたので、せっかくならちゃんと店のテーブルで休憩したかった。

とんかつ屋でそれぞれ定食を注文し、料理を待つ間、姉に訊ねる。

「で、その男、どういう人なの。逢う前に心の準備をしておきたい」

「どういう、って。あ、写真あるよ」

姉が見せてくれたスマホの画像は、しょんぼりした白衣の初老男性を囲んで若い男女が八人肩を寄せ合ってフレームの中に収まっていた。教授と受講生、だろうか。前列右端が姉だった。そのすぐ背後に立っている男子学生を姉は指さす。

「この人」

「……すごい爽やかそうな好青年だけど」

もうちょっとちゃらちゃらした男を想像していたけれど、しゅっとした怜悧そうな顔つきで涼やかな佇まいだった。

「見た目で判断しちゃだめだってのは、見た目で何十万人もだまして再生数稼いできたあんたがいちばんよくわかってるでしょ」

姉の容赦のない物言いに僕は首をすくめるしかなかった。

「まあ私も最初はそんなチャラい人だとは思ってなかったんだけどね。今年度ずっと同じゼミで、色々教えてもらったり飲みに行ったりけっこう距離近かったけど、全然そういう気配なかったから警戒してなくて」

「ふうん。それでチョコ渡しちゃったわけ」

姉は昔から男に勘違いされるトラブルが多かったので、いかにも言い寄ってきそうな男にたとえ義理チョコでも渡すなんておかしいなと思っていたのだ。完全にその気なしと判断して無警戒だったわけか。

「教授にあげるついでに、ゼミのみんなに配っただけだよ。しかも当日じゃなくて前日。義理だってはっきりわかるようにさ」

「姉貴はバレンタイン当日はどうしてたんだっけ」

「なんにも。弟と一緒にコンサート行く、ってまわりに嘘ついて家でごろごろしてた。だって誘われたら面倒だし」

え、そんな口実に使われてたのか。じゃあほんとに『けものみち交響楽団』のバレンタインコンサートに一緒に行けばよかったのか。いや、伽耶と一緒に行けたからそっちの方がずっと良い結果だったけれど。

「なのにさ、十五日にゼミに顔出したら、いきなりすっごい攻めてくるようになって。家どこだとか高校どこだったのとか俺んち近いよとか遊び行っていいかとか、もうね。そんな人じゃないと思ってたんだけどなあ。ほんと見た目で判断しちゃだめだよね」

「ほんとに義理チョコ渡したたけ？　なんかもっと露骨に勘違いさせちゃうようなきっかけがあったんじゃないの」

「チョコ以外考えられないんだってば。バレンタイン翌日だよ」

「ふうん。まあ、災難だったね」

「他人事みたいに言わないでくれ。今日のあんたは私の彼女なんだから当事者だよ」

「いやなこと思い出させないでくれ。ていうか、きょうだいがいるってその男に話したことある？　知ってるなら、並べて見比べたらバレちゃうんじゃないかなあ」

「弟がいるって話はしたことがあるけど今のあんたは女だからバレないよ」

「いやほら女装にも限度が」

「あんたねえ、今日さんざん婦人服売り場連れ回したでしょうが。一度でも変な目で見られたことあった？」

僕は思い返し、暗い気持ちになった。

「内心びくびくだったんだけどね……結局ばれてなかった、のかな」

「その確認のためにあちこち回ったんだから」

「そ、そうだったの？　ただ買い物がしたいだけかと思ってた。ごめん考えが浅くて」

「ただ買い物がしたいのも九割くらいあった」

ほとんど全部じゃねえか。謝って損したよ。

そうこうしているうちに定食がやってきて、僕と姉はのんびりと平らげた。たいへん美味しく、お値段もかなりのものだったけれど、こんな定食ひとつで貸し借り無しになんかはしないからな、と自分に言い聞かせる。

食後、ひとつ大問題が持ち上がる。

「……トイレ……行きたいんだけど、どうしよう……」

廊下の奥まった場所に掲げられた赤と青の人型マークを見上げて僕はつぶやく。

姉はなんでもなさそうな顔で赤のマークを指さした。

「しれっと女子トイレ入れば」

「やだよ！　犯罪だよ！」

「じゃ普通に男子トイレ」

「みんなびっくりするんじゃないのっ？　女に見えるんでしょっ？」

「今までどうしてたの。女装何度もしてるじゃん」

これまで最も長い時間女装していたのは文化祭のときだけれど、あれは自分の学校だったし僕のミスコン出場もみんな知っていたのでそのまま男子トイレを使って特に騒ぎにもならなかった。『黒死蝶』ライヴのときはスタッフ用の個室トイレを使った。今日みたいに女装して外出するというのははじめてなのだ。

ひとつ下のフロアに多機能トイレがあったので、事なきを得た。

危なかった。今後、外で長時間女装する場合はまずトイレの場所を確認しておかないと。

……って、なんでこれからも女装を続ける前提なんだよ？　これっきりにしないと！　こんな認識だから毎回毎回流されるんだ！


フードコートのある屋上にはエレベーターがつながっていないようなので、八階まで上がり、フロアに出てエスカレーターを探した。

催事場を通り抜けるとき、またも知り合いと遭遇した。

生け花の展示会——という時点で嫌な予感はしたのだ。年配の女性客ばかりの展示会場に、ひときわ目を惹く桜色の和装の少女がいた。にこやかに客たちの間を挨拶して回っている彼女が、受付前を通りかかった僕に気づき、目を丸くする。

詩月だった。

反射的に姉を盾にして隠れながら足早に会場前を通り過ぎる。でも遅かった。フロアの反対端まで来たときスマホが震える。詩月からのＬＩＮＥが入っていた。

クマのぬいぐるみがびっくりしているスタンプ。

「あれ、ひょっとしてさっきドラムの娘いた？」姉が鋭く察する。

「いやいや。気のせいだろ」

必死に言うが、姉は僕の腕を引っぱって催事場の方へと戻った。

「やっぱり真琴さんだったんですね！　お義姉さまも！」

展示会場を覗くと詩月がこちらに駆け寄ってきた。春爛漫の振袖姿で、髪も簪でしっかりと結い上げているのでだいぶ大人びて見える。

「今日もなんて素敵な……お義姉さまのコーディネイトですよね？　上戸彩風でしょうか」

あんな遠目でも僕だとわかったということは逆にいえば女には見えなかったのでは――という僕のか細い希望は詩月の言葉であっけなく踏み砕かれてしまった。

「詩月さんもすごくいい。和服は私も成人式で一回着ただけだからなあ。真琴に着せてみたいけど全然詳しくなくて」

「真琴さんなら黒地に椿や牡丹の振袖がきっと似合います。重ね衿に金を入れたり……私もコーディネイトしてみたいです！」

「いいね。成人式は任せちゃおうかな」

なんでナチュラルに振袖着る前提になってんだ？

「はいっ！　結婚式も任せてください！」

「詩月、なんの話をしてんの……？」

「あっそうだ、母も来ているんです。今日は母の出展がメインなんですよ。私も一点出させてもらっていますけれど」

「え、お母さん？」

「呼んできますね、真琴さんをちゃんと紹介したことなかったし」

詩月の母親とは——もうとくになんの問題もないのだけれど、わだかまりがゼロかというとそうも言い切れない。一時は詩月にバンドをやめさせようとしていた人だし、その後考えを改めてくれたとはいっても僕との最後のやりとりはずいぶん険悪なものだった。

「あの、こんなかっこうしてるときに挨拶するのもどうかと思うし」

詩月は首をかしげた。

「なんの問題もないと思いますけれど。ちゃんと女子に見えますよ」

「だから問題なんだろうが！」

「それとも振袖で母と面会したいということですか？　真琴さんそれはちょっと気が早すぎますよ、せめて結納のときまで待ってください」

だれのだよ？　いや、だれのだろうと着ないが？

「とにかく、ええと、お母さんも忙しいだろうし僕らも用があるし」

「あっ」詩月は表情を曇らせる。「そ、そうでしたか。すみません、姉妹のご交遊の時間をお邪魔してしまって」

だから姉妹って言うな。わざと言ってるだろ。ちょっと語気が強かったし。

「いやべつに大した用じゃ――」と姉が言いかけたので僕は腕を引っぱって会場を出た。

エスカレーターに乗っている最中、姉が催事場の方をちらちら振り返りながら訊いてくる。

「あの娘がいちばん可能性ありそうかなって思うんだけど、どうなの」

「可能性？　プロになれるってこと？　そりゃ詩月はもうプロ級の腕だけど、詩月に限らずうちのバンドはみんなプロでやってける力あると思うよ」

「だから音楽の話はしてない」

「じゃあなんの話なんだよっ？」

「でも答えはわかったからもういいや」

またそれ？　今日はなんなのほんとにもう？

　三月初めで薄曇りなのでまだ肌寒く、フードコートは客の姿がまばらだった。フェンス際に並んだ種々の食い物屋もどこもひまそうだ。クレープの店は広場の左端だった。近づいて見ると、ブースの中には白い三角帽をかぶった店員が二人。おもてから顔がよく見える接客担当の方が、さっき姉に写真を見せてもらった例の男子学生だった。

「よかった。シフト入ってたみたい」と姉がつぶやく。

「どうすんの。クレープ買いにきて偶然ばったり、みたいな振りするの」

「そ。あんたは黙ってればいいから」

そう言うと姉はいきなり腕をからめて身体を押しつけてきた。僕はびっくりして跳びすさりそうになるけれど、そうだ恋人の振りをするんだっけ、と思い出す。そのまますずいずいとクレープ屋の方に引っぱっていかれる。

「イチゴにする？　チョコバナナ？」

カウンターの前で、はっきりした声で僕に訊ねる姉。男はすぐに気づいて目を見開いた。

「あれっ……？」

男が漏らした声に、姉もメニュー表から男の顔へと視線を移した。自然な驚きの表情の作り方は実に演技派だった。

「先輩？　……あ、バイトしてるのってここだったんですか」

声にかすかに感情をにじませる度合いも見事なものだった。事情を知っている僕でさえ、偶然ここに来たのだと思い込みそうになってしまった。それでいて僕の腕はしっかり抱えて放さないのだから徹底している。

「そうだけど、……え——ひょっとして」と男の目が僕に移される。ここで気まずさをおぼえて視線をそらすのは自然だろうか？　よくわからない振りをして視線を受け止めるべきか？

「ああ、これ、こないだ話した——」私の彼女、と言おうとした姉を遮って男が発した一言は、我々の思惑をなにもかも木っ端微塵にした。

「村瀬の弟？　だよね、やっぱり！」

弟。

ほらやっぱ一目で男だってバレるんじゃん！　こみ上げてきたのは作戦が頓挫した残念さよりもむしろ自分がちゃんと男に見えることへの安心だった。

けれど男はこう続けた。

「あれ、でも、女の子？　なの、やっぱり？　妹？　え、どっち？　ネットでもいまだに議論になってて」

意味がわからなかった。ネットで議論？　なんの話だ？

僕は横目で姉の顔をうかがった。表情は僕と同じように困惑一色だ。

「ＰＮＯの真琴でしょ？　いやもうほんと俺、大ファンで、村瀬っていう名字聞いてひょっとしたらって思ってたんだけど、顔も似てるし、やっぱりかあそうかあ」

男が喜色満面で言う。僕も姉も唖然とするしかなかった。

ブースの奥で、調理担当の店員が咳払いし、こっちをにらんできた。

幸か不幸か客が全然いなかったこともあって、姉と同じゼミの先輩だというその好青年は、クレープ屋のカウンター越しにあれこれ喋ってくれた。だから僕は事態をほぼ把握できた。こういうことだ。

　彼はもともとパラダイス・ノイズ・オーケストラのファンだった。ライヴにも来たことがあるという。大学の同じゼミにいる村瀬という名字の後輩と、ＰＮＯの村瀬真琴とがよく似ていることに気づきつつも、確信が持てないでいた。

　しかし今年のバレンタインデーで事件が起きる。

　なんと、彼は『けものみち交響楽団』のバレンタインコンサートを聴きにいったというのだ。たしかに高校生や大学生に人気だったとはいえ、偶然は恐ろしい。

　そこで、僕を見かけてしまう。

　隣に志賀崎伽耶もいたからＰＮＯの村瀬真琴だと確信できた。そして、姉が言っていたことを思い出す。バレンタインデーは弟と一緒にコンサートに行く、と。

　彼の中で後輩・村瀬がＰＮＯ村瀬真琴の姉だと確定した。

　となると、僕のことをあれこれ知りたくなるし、どうせなら直接逢ってみたくなる。それでバレンタインの翌日からいきなりぐいぐい接近してくるようになったわけだ。

「サインとかお願いできない？　ていうか、えっと、女の子なの？　どっち？　いやほら検証サイトでも女派がいまだにけっこう根強くて」

　男の口からは聞き捨てならない単語が出てくる。

「……なんですか検証サイトって」

「ムサオ性別検証ｗｉｋｉ」

なにそれ気持ち悪ッ！　世の中そんなおぞましい暇人がいるの？

「先輩、仕事中でしょ。それじゃまた学校で」

姉はそう言って先輩の熱っぽい話をぶった切り、僕の腕を引いてフードコートの出入り口に向かった。こういうときほんとうに頼もしかった。

しかし屋内に入り、人気のないトイレ近くの自動販売機の前まで僕を引っぱってきたところで、姉はいきなりうずくまってしまう。

「……どうしたの」

「さすがに私もちょっとショックだわ。勘違いしてたの私の方だなんて……これじゃ痛い自意識過剰女みたいで」

たしかに、表面的な出来事だけ見るとそういうことになってしまう。

「いや、でも、さすがにあんな事情はわからなくて当然じゃ」

「おまけに弟に男を盗られるなんて……」

「盗ってないけどッ？　だいたい姉貴の男でもないだろうが！」

「まあそうなんだけど気分的にね」

そう言って立ち上がった姉の顔には落ち込んだ様子は微塵もなかった。

「でもあんた、今後気をつけないとね。顔も名前も知られちゃってるし。ネットじゃ有名人てことでしょ。学校もたぶん知られてるよね」

「ああ、うん、そうだね……それはほんと思った……」

自覚はあまりないが、実際にこういう（未遂？）事件が起きているのだ。僕だけではなくバンドメンバー全員、警戒しないといけない。伽耶なんてそもそもＰＮＯに関わる以前からの有名人だし。

「はーあ。もう忘れよ。ごめんねマコ、こんなんつきあわせて」

姉が僕に素直に謝るなんて、よっぽど精神的に堪えたようだった。

「じゃ、こんなんで帰るのもなんか気分が悪いし、今日は私の寄りたいとこばっかりだったし。マコの行きたいとこに行こうか」

「いやべつにそんな気を遣わなくてもいいよ」

「いいから！　弟が池袋で普段どんなとこ行ってるのか興味ある！」

「……って、まあ、楽器店だよね……」

僕に連れられて入った店内を見回して姉はため息まじりに言った。

「あとはジュンク堂くらいかな」

「楽譜コーナーが広いから？」

「楽譜じゃないのもたまには買うけど」

「たまになんだ」と姉は笑って手近の棚を見上げた。「でもここ楽器じゃないのもいっぱい売ってるけど、なんの店？」

「いや、全部楽器だよ。楽器っていうか音楽機器っていうか」

エフェクターやサンプラー、リズムマシンなどは詳しくない人からすれば全然楽器に見えないかもしれない。

ほんとうは、パルコの上にある大型店に行きたかったのだ。ギター類が充実している馴染みの店だ。でも何人もの店員と顔見知りなので、女装している今はさすがに顔を出す勇気がなかった。代わりに、あまり通い詰めていないＤＴＭ専門店に来たわけだ。この店なら女装の僕が見咎められることはないはず。

……という考えは甘かった。

ソフトシンセ売り場の奥に、見憶えのある人影があった。姉の腕を引っぱって逃げようとしたときにはもう遅かった。

「村瀬くん？　どうしたの、そんなおしゃれして」

凛子だった。僕はもうわけのわからない叫び声をあげそうになった。

「あれ、凛子ちゃん。おひさ」

姉が僕を押しのけて気安く手を振る。

「ああ、お姉さんも。姉妹でお買い物でしたか」

「なんでみんな平然と姉妹って呼ぶのッ？」

凛子は首を傾げた。

「みんな？」

「ああ、いや、あの、なんでもない」

「だってそんなかっこうしていて人前で姉弟って呼ばれる方が社会的にまずいでしょう？」

「全然まずくないよ！　『きょうだい』って男女問わず使える言葉だろ、だいたい『姉妹』って口語では使わないで『きょうだい』で済ませるのが普通だし、みんなわざと姉妹って」

「だからみんなってなに？」

「ああいえ、なんでもありません」

なにやってんだ僕は……。

「凛子ちゃんもよく来る店だったの？」と姉。

「二度目です。このあいだ真琴さんに教えてもらったばっかりなので」

真琴さん、と凛子の口から呼ばれるとわけもなくぞわぞわした。

「お姉さんも楽器なにかやるんですか」

「私は全然。今日はあっちこっち真琴を連れ回したから、まあお礼ってことで、なにか好きな物買ってあげようかなって。そしたら案の定楽器店だったよねっていう」

「わたしへのクリスマスプレゼントも音源ソフトでしたよ。たぶんこの店で買ったんだと思います」

「ほんとに？　さすがっていうか救いようがないっていうか」

「でもそういうところも込みで真琴さんとはつきあっていますから」

「人間できてるね。凛子ちゃんみたいな妹が欲しいよ」

「はい。いつでもお願いします」

なんかよくわからん会話をしながら女二人は楽しげに店内を見て回り始めた。助かった。挟まれてあれこれ訊かれていたら精神が保たないところだった。


凛子と別れ、駅のプラットフォームに出ると、姉が訊いてきた。

「凛子ちゃんがはじめての娘なんだっけ？」

「はじめて？　ああ、バンドメンバーの中で最初に知り合ったのは凛子だけど」

「バンドの話はしてない」

「だからもうなんなんだよ今日はっ？」

「だいたいわかったから答えなくていいけど」

こっちはなにもかもわからない。しかしこういうときの姉はほんとうになんにも教えてくれないのだ。困惑する僕を見て楽しんでいる。むきになるとますます面白がるのでほっとく方がいい。

やってきた電車に乗り込むと、伽耶がいたので僕はびっくりしてかかとを浮かせた。

といっても、本物ではない。中吊り広告の写真だ。

ヘアコンディショナーの広告だった。伽耶の澄ました顔が大写しになっている。ふわふわの髪にふわふわのキャッチコピーをからませて、蠱惑的な目つきをカメラに向けている。車内すべての中吊りが伽耶の写真だったので僕はなんだかむずがゆい気分になる。

「あ、この娘。志賀崎伽耶」

姉も当然気づいてしまう。

「すごいね。めっちゃ売り出し中じゃん。春から同じ学校なんだっけ？」

「うん。芸能人いっぱいいる中高一貫のとこに通ってたんだけど、わざわざうちを受けたんだ。うちはとくに有名人の生徒へのケアとかしてないから、騒がれたり盗撮されたりしないか心配なんだよね」

「大丈夫じゃない？　わりとみんな節度あるでしょ。だってあんたらもなにも困ったことされてないでしょ？」

「え？　……ああ、うん、そうか。言われてみれば」

朱音も凛子も詩月も、世間的にはものすごい人気があるのだけれど、学校生活においてサインをねだられたりツーショット写真を頼まれたりといったことは全然ない。環境に恵まれてるんだな、僕ら。

「でも同じ高校受けるって、すごいね。マコに憧れて追いかけてきたってことでしょ」

「ううん、まあ……僕、というか、うちのバンドを前から……」

いや、ＰＮＯじゃなくてＭｕｓａ男のファンだったっけ。つまり僕を追いかけてきたわけか。あらためて考えると、色々重たい。

「マコの方はどうだったの。伽耶ちゃんに逢ってみて、やっぱり惹かれた？」

「そりゃあね。いきなりセッションしたんだけど、僕の曲全部マスターしてて、しかもただのコピーじゃなくて僕の足りないもの全部持ってるみたいなプレイで、あとはなんといっても声がほんとすごくて――」

「だから音楽の話じゃないってば」

「ああもうほんとになんなんだよっ？」

僕がいらだちを剥き出しにすると、姉はくくくっと笑った。

「マコさ、たまには音楽のこと忘れてみたら？」

言われて僕は姉の顔をまじまじと見つめ、目をしばたたく。

「……なんで」

「なんで、って。だって四六時中それしか考えてないでしょ？」

「四六時中……ってわけでも……なくもないけど……」

「バンド組んでからなんて、もうずっとバンドのことばっかりの生活じゃん。少しは休んでみたらなんかちがうものが見えてくるかもよ」

「考えたこともなかったな。べつに仕事でやってるわけでもないし、休むっていわれても」

「まあマコは音楽じゃないことやってるときの方がよっぽど疲れてそうだけど」

「ほんとだよ。今日めちゃくちゃ疲れたよ……」

指摘されたせいで、疲労がまとめて肩にのしかかってきた。

僕は列車のドアにもたれかかる。ガラス窓の向こうを、昼下がりの街の代わり映えしない景色が眠たげに流れていく。

「早く帰って着替えたい。なんか肌もぴりぴりしてきたし」

「メイクしてるからかな。あんた化粧慣れしてないし。そのぶん肌が荒れてなくていいんだけど。素材を信じてもうちょい軽めでよかったかな」

気遣いはありがたいが女装しなければその気遣いも不要なのでは？　と思う。ていうか今日なんて完全に女装が無駄だったじゃないか。

「今日は全部無駄足だったって思うと余計疲れる」

「なんで？　無駄足じゃないよ。先輩どうこうなんてついでの用だったから」

「え？　なんのついで？」

まさかこれからほんとうの用事があってさらにどこかに寄るのか？

でも姉は苦笑して僕の腕を肘でつっつく。

「マコに可愛いかっこうさせて連れ歩きたかっただけだよ。先輩なんてただの口実。あー今日は楽しかった！」

僕は天井を仰いだ。

ほんとうにもう――この女は……。

「あんたも楽しかったでしょ？」

「ぜんッぜん！」

本心としては多少楽しくはあったのだが、もちろん絶対に口に出してやらないのだった。

Paradise NoiSe
Akane Kudou

2　銀色の夢で逢えたら

僕の動画チャンネル——現在はバンドの公式チャンネルにもなっている——に掲載したアドレスには、毎日大量のメッセージが届く。

ほとんどはファンからの応援とか熱烈な愛情表現とかだけれど、企業からのオファーも少なくない。コラボしませんか、イベントに出ませんか、プロデュースさせてください……。どれも条件がひどかったり都合が良すぎたり僕らＰＮＯのことを明らかによく知らなかったりなので完全無視でゴミ箱に放り込みたいところだけれど、今後どこでどういうつきあいが発生するかわからないので、一応は断りの返事を書く。こういうとき高校生という身分は便利だった。学業が忙しいので、と通り一遍の決まり文句を書けば済む。

返信作業にくたびれ、自室の天井を見上げ、思う。

マネージャーが本格的にほしくなってきた。

こういうメールの返信とか、イベントの企画運営とか、あとは動画の撮影、編集、アップロードとか、音楽以外のなにもかもをだれかに丸投げしたい。

これまでにも同じことは何度も考えてきた。

でも、クリスマスライヴを境に商業オファーが何倍にも増えた。たぶん志賀崎伽耶という有名人と共演したせいだろう。知名度が跳ね上がるとともに、金のにおいを嗅ぎつけた連中も大勢寄ってきたのだ。

なにもかもが面倒くさい！

伽耶のお父さんは事務所に入らないかと誘ってくれたっけ。真に受けていいいんだろうか。同じ事務所なら今後の活動で色々と便利そうだ。でも本格的な芸能事務所だからあれこれうるさい注文をつけられそうだし、やりたくない芸能活動を要求されそうだし。今までは取材とか撮影とか全部断ってたけど事務所に入ったらそうもいかないだろうし……。

やりたいことだけやっていたい。

やりたくないことはやりたくない。

三歳児みたいな思いを噛みしめ、閉じたノートＰＣの上に突っ伏す。

たまには音楽のこと忘れてみたら？　なんて姉は言っていたけれど、僕としては音楽以外のことをみんな忘れてしまいたかった。

＊

そんな三月初め、スタジオ練習からの帰りの電車内で朱音がこんなことを言い出した。

「真琴ちゃん、今度いっしょにプロダクションの人に逢ってくれない？」

凛子と詩月がそれぞれ降車してしまった後で切り出してきたところをみると、どうも二人にあまり聞かれたくない話のようだ。

「プロダクション？」

「うん。クリスマスライヴのときにね、うちらの後に演ったグループのプロデューサーさん。名刺もらったんだ」

名刺を見せてくれた。

株式会社ヤスナガ・プロダクション。僕でも知っている、たしか業界最大手クラスの芸能事務所だ。取締役執行役員、企画第二事業部担当、三栖野冬弥。肩書きもすごい。これって部長ってことだよね？

名刺を裏返してみると、たぶん所属タレント一覧なのだろう、見憶えのある名前が芥子粒くらいの大きさの字でびっしり印刷されている。なんというか、すごくそれっぽい。

「逢ってお話ししましょう、って何度も誘われてて、そのたびに断ってるんだけど。ほんとにあきらめない人でさ。根負けして、まあ一回くらい話聞いてもいいかなって」

「ヤスプロって、……いや、僕そういうの全然詳しくないけど、……ミュージシャンってより、俳優とかアイドルの事務所じゃなかったっけ」

「そうそう。企画第二ってのがまさにアイドル部署らしいよ」

「いや、待て。待て待て。そんなとこから声かけられたってのは」

「うん。えへへ」

朱音は列車のドアとシートの間の角に背中を押し込んで照れ笑いした。

「やってみないかって言われたんだ」

朱音がアイドル、か。

思わず想像してしまった。意外にもすんなりと思い浮かぶ。そもそもステージに立ってスポットライトを浴びているところは実際に見ているわけだし、衣装と髪型がふりふりのきらきらに変わればそれでもうアイドルだ。

ううむ……。

「……あんまり驚いてくれないんだね？」

朱音が複雑そうな面持ちで言う。

「ん？　驚き――はないよ。あんまり。だって朱音もうかなりの人気じゃん。応援メッセもいちばん多いし」

「それは、ヴォーカルで立ち位置がいちばん目立つからっていうだけで」

こんなにも照れ続けている朱音というのはなんだか新鮮だった。

「それで、ええと？　三人でアイドルやってみないかっていう話？　凛子と詩月と」

「ううん。あたしだけ」

「ふうん？　なんでだろう」

「凛ちゃんもしづちゃんも歌わないからじゃないかな」

「……ああ、なるほど」

たしかに、二人ともヴォーカルをとらない。さらにはドラムス、キーボードという設置型の楽器だから派手なステージアクションも全然しないし、アイドル向きの資質は見て取れないかも。凛子なんて愛想ゼロだしな。

「あたしも最初びっくりしたけどね。なんであたし？　って。歌以前にまず可愛くなきゃだめじゃん？　スカウトするなら凛ちゃんかしづちゃんでしょ」

僕は首を傾げた。

「可愛さなら朱音も全然負けてないと思うけど」

朱音はきょとんとした顔になり、それから目を見開いて僕をまじまじとにらんできた。なんだろう、変なこと言ったか？　不安になっている間に朱音の顔はみるみる紅潮していく。ついに朱音は顔を伏せ、僕の胸を平手でばんばん叩いた。

「ちょっ、真琴ちゃん、いきなりは反則だよ！　心の準備ってものがあるでしょ！」

「なにが」

「あーもうびっくりした！　不意打ちで心臓一発だよ」

「思ったこと言っただけだけど……あ、あの、なんかまずかった？　怒らせた？」

「思ったこと言ったんだ……あああ、ごめんね真琴ちゃん、ちょっと落ち着く時間くれるかな、しばらく顔見られないけど、ええと、怒ってるわけじゃないからね」

　怒ってないならいいか……とはならない。朱音がずっと身を二つ折りにしているからだ。まわりの乗客もこっちを見ているし、心配になってきた。

　その肩に手を伸ばそうとしたとき、ようやく朱音が身を起こした。

　煮過ぎて溶けかけた餅みたいな笑い顔の目尻には、涙が浮かんでいる。頬と耳はまだだいぶ紅いままだ。

「最近味わってなかった真琴ちゃん１００パーセントを堪能したよ！」

　うれしそうだった。怒っていない、というのは嘘ではなさそうだ。なにがそんなに泣き笑いするくらいだったのかはよくわからないけれど。

「じゃあこんな調子で明日もつきあってくれる？　事務所は目黒なんだけど」

「いいけど……なんで僕を連れてくの。スカウトされたのは朱音だけなんだし、余計なのを連れてっていいの？」

「女の子をひとりで行かせるなんて心配じゃないの？」

「え……ああ、うん、そうか……」

　スカウトを装って若い娘をだまして、っていう話はよく聞くもんな。天下のヤスプロだし、クリスマスライヴにも関係者として来ていたということは偽物ってこともないだろうけど、それでもなにがあるかわからないし。

「友だちも連れてきていいよって言われてる。スカウトした子にはみんなそう言うんだって。安心してもらうためじゃないかな。親を連れてくる子もいるんだってさ」

「なるほどね。逆に僕で大丈夫なのかな」

「真琴ちゃんバンドリーダーじゃん。あたしが断り文句に詰まっちゃったときに、びしっと言えるでしょ。ＰＮＯがありますから、って」

「え、最初から断るつもりなの」

「当たり前だよ！　一回逢って話してしっかりあきらめてもらうんだよ。学校もバンドもあるのにアイドルなんてやってるひまないでしょ、なに言ってんの？　真琴ちゃんはあたしがアイドルになってもいいの？」

真正面からにらまれ、僕は思わず車窓の外を流れる夕映えの空に目をさまよわせる。

さっきありありと想像して、ちょっと見てみたいかなと思ってしまった——なんて、正直に言えるはずもなかった。

「ははあ、女子女子してる衣装のあたしが見たいってこと？」

あっさり見抜かれてしまった。

「たまには」

「じゃあ明日は久々にガーリーでいこうかな！　いっしょに来てくれるよね？」

この話の流れで断れるわけもない。見事な誘導で、翌日、目黒まで同行することになってしまった。

帰宅し、夕食と風呂を済ませた後、ヤスプロの公式サイトをのぞいてみる。僕でも顔を知っている有名俳優の画像が次々出てくる。この中に朱音もいっしょに掲載される――。ううん、想像できるようなできないような。

と、最新情報のところに、タイトルだけ知っている映画の告知が表示されていた。

伽耶が出ていた映画だ。アマゾンプライムにて配信開始、とある。たしか去年の今頃に劇場で封切りだったはず。一年でもうネット配信されるのか。いや、最近だとむしろこれは遅い部類だろうか？

思えば僕はミュージシャンとしての伽耶しか知らないのだ。観てみることにした。

主演はヤスプロ所属の売り出し中若手女優。切ない雰囲気の恋愛映画のようだ。志賀崎伽耶の名前は一応、ポスターのキャスト一覧の四段目に小さく載っている。大した役どころではなさそうだけれど、知った顔だから出てくればすぐわかるだろう。それにしても退屈そうな映画だった。最後まで観られるかな。伽耶の出演シーンだけ確認したら寝るか。

僕の予想はすべて裏切られた。

切ない恋愛ものなどではなく、日常に潜むちょっとした不思議がどんどん深化していくサスペンスホラーだったし、おまけに伽耶はかなり早い段階でスクリーンに登場したのに、すぐにそれと気づけなかった。一回だけ顔がアップになるカットがあってそこでようやく伽耶だと気づいたのだ。しかもそれは彼女の死亡するシーンで、おそらく最後の出番だった。

伽耶って、ここまで存在感がない娘だったか……？

いや、存在感を消していたのだ、とすぐに気づく。だって主人公の後輩の友人なんていう脇役も脇役だ。サスペンス演出のための引き立て役。物語にとっては必要だけれど、死の直前まで決して目立ってはいけないのだ。伽耶は自分の仕事を完璧にこなしていた。

考えてみればベースギターだって、曲中で鳴り始めたときにあの太い弦がぶんぶん震えている様をすぐ想起させてしまうようでは良いプレイとはいえない。曲の構成要素としてしっくりはまっていなければプロの仕事じゃない。

演技も同じ――か。

劇中で死んで以降、やはり伽耶の出てくる場面はひとつもなかった。

エンドロールに目を凝らし、志賀崎伽耶の名前を確認して安心する。

けっきょく、最後まで観てしまった。

ノートPCを閉じてベッドに寝転がった。知らない世界の深さを垣間見て、神経が昂ぶっていてすぐに眠れそうになかった。

もし朱音がヤスプロに入ったら、銀幕上であァして伽耶と並んで演技する日もやってくるかもしれない。実際に知った顔が出ている映画を観たばかりなので、すんなりと想像することができた。

意外に——やれそうな気がする。朱音なら。

とすると僕の手の届かない遠い世界に行ってしまう……

いやいや。断るって言ってただろ。なに勝手な妄想ふかしてるんだ。僕は寝返りを打って毛布を身体に巻き付け、無理に目を閉じた。

＊

翌日は平日だったけれど、高校の卒業式なので僕ら在校生は休みだった。

駅で朱音と待ち合わせた。彼女は宣言通り、ギャザーのついた膝上丈デニムスカートに柔らかい春色の七分丈ブラウスという少女の魅力全開のスタイルだった。

「あたしがこんなにがんばったのに真琴ちゃんはなんで可愛いかっこしてこないかなっ？」

Tシャツにジャンパーにジーンズという平凡な服装の僕は理不尽に怒られる。だれかにコーディネイトしてもらわなければこんなもんなのだ。

しかし朱音の不機嫌は長続きしない。電車に乗って、その週に出た新譜が豊作だったという話を始めるとすぐに楽しそうに応じてくれる。

JR目黒駅で降りて西口を出て、かなり勾配の急な細い坂道を下っていくと、坂の途中に平べったい造りの五階建てビルが見えてくる。屋上近くの壁面に『YASUPRO』の七文字の金属板が埋め込まれて春の昼下がりの陽射しを照り返している。業界最大手の社屋にしてはこぢんまりした印象だ。

エントランスの受付電話で朱音が名前を告げると、五分くらいしてガラスドアの向こう側に人影が現れた。

「朱音さん！　今日はわざわざご足労いただいてありがとうございます」

クリーム色のスーツ姿の、ぞっとするほど美しい男性だった。開いたドアからこちらに歩み出てくるその所作だけで異様な色香が吹き寄せてくる。僕に目をとめ、かすかに目を見開き、破顔した。

「真琴さんもいっしょに来てくださったんですね！　はじめまして、お逢いできてとてもうれしいです。三栖野と申します」

一挙一動が芝居がかっているのに、なぜか不自然さを感じさせない、奇妙な雰囲気をまとった男性だった。彼の周囲だけすべてがスクリーンの中のできごとみたいに見える。年齢もよくわからない。ぱっと見は二十代だけれど物腰が妙に老成している。

僕と朱音は、ヤスプロのオフィス二階に通された。

芸能関連の事務所というと、青山にある株式会社ネイキッドエッグを訪問したことがあった。机の島のまわりにぐしゃぐしゃと宣伝資材が積み上げられて視界を遮っている散らかり具合は共通していたけれど、ネイキッドエッグとは人の量も空気の熱量も段違いだった。十数人の社員がそれぞれひっきりなしに電話でなにか声高に喋っている。はいお世話になっております、ありがとうございます、いやそこは来月から一気にですね、もちろんです本人も絶対にここは正念場だと、あんたさあ向こうの事情もあるんだから、ちょっとそれ聞いてないよ昨日のうちに言ってくれない？　はい、はい、わかりました再調整してすぐにでも——

ぎらついた空気が満ち満ちていて息が詰まる。

「こういう雰囲気、直接見てみたかったんです！」

朱音がうれしそうに言った。

「芸能プロって中見たことなかったから」

「うちがはじめてなんですか。うれしいなあ。あちこちから声かけられてるでしょうに」

ほんとうに心の底からうれしそうに三栖野さんは笑って、オフィス奥のミーティングスペースに僕らを案内する。

「あちこちから声かけられてるの？　あたしよく知らない」

三栖野さんの後に続いて歩きながら朱音が僕の方を振り返って訊いてくる。

「ああ、うん、いくつかね……全部断ってるけど」

心配になってきた。

アイドルデビューの話、断りにきたんだよな？　なんか朱音、めっちゃはしゃいでるんだけど？　数々のオファーを断ってきたけど天下のヤスプロなら請ける、みたいに向こうから思われてたら困る。

ミーティングスペースで、三栖野さんはあらためて僕に頭を下げ、名刺を差し出してきた。あれ、と僕は思った。朱音に見せてもらった名刺とちがうのだ。肩書きこそ同じだけれど、名前がこう書かれている。

『水野智也　（三栖野冬弥）』

僕の疑問を嗅ぎ取ったのか三栖野さんが照れ笑いして言った。

「ああ、三栖野の方は芸名なんです。最近名刺を新しくしたので、本名併記にしました」

「え、三栖野さんタレントだったの？」と朱音が目を丸くする。

「昔ちょっとだけ俳優を」と三栖野さんははにかんだ。この美貌とオーラ、元芸能人だといわれるとなるほどしっくりくる。

「向いてないんで裏方に転向したんですが、三栖野冬弥の名前は使い続けろって社長に言われまして。マネの名前でもなんでもいいから憶えてもらうのがとにかく大事な業界ですからね」

「ああ、すみません、あたし芸能界詳しくなくて全然知らなくて」

「いえいえ、いいんですよ！　全然売れなかったですし、もう二十年くらい前ですから。お預かりしてる子の親御さんとかにはたまに『むかし見てました』って言われたりしますけど、恥ずかしくなっちゃって」

やっぱりけっこう歳食っている人なのだ。四十代だろうか。アイドルのプロデューサーというともっとガツガツしているのを想像していたけれど、実にさわやかで感じの良い人だった。おまけにものすごい美男子だし、これは朱音がつい押し切られてしまうのもわかる。

というか——

朱音さっきからにっこにこで三栖野さんと喋ってるけど、ええと？　ほんとに断りにきたんだよね？

「三栖野さんけっこうえらいんですよね？　役員って書いてあるし。でもマネージャーの仕事もやってるんですね」

「そんなにえらいわけでもないですよ。平取だし。うちはプロデュースとマネジメントは完全に分けてるんですけれど、私はデビューからずっと担当してるグループだけ社長にわがまま言ってマネを続けさせてもらってるんです。管理職なんて柄じゃないし、やっぱり現場が好きなんですよ。ステージの熱気が」

「わかる！　あたしもステージがとにかく好き」そこで朱音はちらと僕を見る。「真琴ちゃんはわりとライヴやらなくても平気そうだよね。ずっとスタジオこもって音源作ってても満足できそう」

「ああ、うん。実際バンド組む前はそんなだったし」

「そうだったんですか。でも真琴さんすごくステージ慣れしてますよね」

三栖野さんは目をきらきらさせて机越しに僕の方へとわずかに身を乗り出す。

「え？　いや、全然慣れてませんけど」

僕に話を振るのかよ？　ただの付き添いなんだが。

「動画でしか拝見していませんけれど、朱音さんみたいな生まれついてのスターの脇で、しかもベーシストで、普通は埋もれますよ。でも真琴さんはずっと存在感があって。クリスマスライヴではご一緒できるのかと思ってずっと楽しみにしていたんですけれど……」

「あ、はあ、すみません……」

僕にお世辞を言ってどうするんだろう。

「そうだ三栖野さん、凛ちゃんとしづちゃんはアイドル無理そうってことだったけど、真琴ちゃんはどうですか」

いきなり朱音が言い出すので僕は目を剝いて隣の彼女を凝視する。

「真琴さんですか。そうですね――」

ほら三栖野さんも返し方に困ってるだろ！

「プロデュースのしかたはものすごく難しいですがポテンシャルはあります」

「は？　あのっ、いや、お世辞とか要らないですよ？」

「いえ、お世辞ではなく。昨今、たいへん美しい女装男性が各界で活躍されていますが、ことアイドルとなると成功例はいまだありません。なぜだかわかりますか」

「んん？　言われてみれば。なんでだろ」と朱音は眉根を寄せる。いやそんな真剣に考えなくてもいいってば。

「理由はいくつかありますが、私の考える最大の障害は声だと思います」

三栖野さんは自分の喉仏を指さす。

「アイドルは幻想を売る仕事です。女装男性は、この幻想がとても壊れやすい。一瞬でも男性を感じさせたらおしまいです。しかし、顔も体型もしぐさもいくらでも装えますが、声はいじるのがとても難しい。バーチャルタレントのように高性能なボイスチェンジャーを使ったとしてもなんとかできるのは話し声までです。歌声の変換はたいへん厳しい。音高まで含めて自然な女性の歌声をリアルタイムで創り出すのは今の技術では無理です。となるとアイドル活動にとっては致命的です。ライヴパフォーマンスが最大の売りですから」

なるほど、とは思うが、そんな真剣な考察までするものなの？　自分の業界のことだからプロとしては当然考えておくのだろうか。

「けれど、真琴さんはそこを乗り越えられます」

「はいっ？」

「もともと中性的な声質なのに加えて音域がそうとう上に広い。朱音さんに上ハモリをつけられるくらいです。それに、これは私の推測なので勘違いだったら申し訳ないんですが、下ハモリをつけるときには朱音さんに近くなるように声色を変えてらっしゃいますよね」

僕は息を詰めて三栖野さんの真剣そうな顔を見つめた。

「……あ、はい、いや、あの、勘違いじゃないです」

そこまでしっかり聴き込まれていたことに内心かなりおののいていた。

「低めの声でいつも通りに歌うと朱音の声が浮いちゃうから、はい、そこは意識して近づけてます」

「そうだったのーっ？」朱音も目を丸くする。「ぜんぜん知らなかった。ハモってるのあたしなのに。ごめんね。いつも気持ちよくハモれるなあとしか思ってなかった」

こんなのは気づく方がおかしい。なんなんだ、この人。

「自力で少女の声が出せるわけです。歌唱力はもちろんルックスも折り紙付きですから、女装男性アイドルの困難な条件をすべてクリアしています。あとはどのような層にどのような演出で売り出すかですが、申し訳ありません、当方にその方面の見識の積み重ねがないものですから、しかし私としてはたとえば奇をてらわず正統派として——」

「いやいや、あの、なんで真面目に話を進めてるんですか」

僕は三栖野さんの熱の入った語りっぷりを両手で押しとどめた。三栖野さんははっとなって口に片手をあてた。

「申し訳ありません、先走りすぎました」

「いや、はい、その」

「真琴さんは未成年ですからまず親御さんのご許可をいただきませんとね」

「本人の許可はっ？」思わず声がうわずる。「あの、やりませんよ？　ほんとにやりませんからね、今日は朱音の付き添いで来ただけですからねっ？」

三栖野さんは気が抜けた顔で僕と朱音を見比べる。

「そう――だったんですか。いや、これはほんとうに申し訳ない。朱音さんご自身は乗り気ではなく、けれど真琴さんを連れてきてくださって、しかもああいう話の振り方をされたので、これはてっきり」

「あたしも三栖野さんのガチ話が興味深すぎて聞き惚れてた。ごめんね真琴ちゃん」

ほんとにもうかんべんしてくれよ！

「でも普通に男性アイドルとして、っていう話がまったく出てこないのがすごいよね。さすが真琴ちゃんだよ」

「え？　あ、いや、それは」

ちらと三栖野さんを見ると、めちゃくちゃ恐縮している。

「たしかに、いや、申し訳ないです。拝見した真琴さんの女装姿がどれも完璧だったのでそちらの発想しかなく――それにうちは男性アイドルをプロデュースしたことがなくて」

いでしょっ？」

「謝らなくていいです！　もうこの話はおしまいで！　朱音も！　僕の話をしにきたんじゃな

朱音は両脚をそろえてぴんと背筋を伸ばし、三栖野さんの顔を見た。

「あー、そだそだ。ちゃんとお断りしにきたんだった」

「そんなわけで三栖野さん、わざわざ時間作ってくれてありがとうでごめんなさいなんだけど、バンドに集中したいしアイドル活動にもとくに興味はないし、誘ってもらったのはとっても光栄なんだけれど、すみません」

座ったままぺこりと頭を下げる。

三栖野さんは困った笑みをみせた。

「いえ、いえ。こちらこそ何度もお誘いしてしまって。朱音さんがあまりにも魅力的なのでどうしてもあきらめきれなくて」

こんな歯の浮くようなせりふを真顔で口にして雰囲気が白けない男性というのが、世の中には存在するのである。怖いまでのさわやかさだった。

「それでですね、ええと」

朱音はもじもじと上目遣いで言葉を続けた。

「すっごく虫の良い話なんだけど。アイドルの話は無しで、真琴ちゃんも無しで、それはそれとして、うちらのバンドのマネジメントをお願いすることって……できないですか」

僕は口をあんぐり開けて朱音の横顔を見た。

なんでオファーを請ける気もないくせにわざわざ事務所まで来たのかと思ったら——そんなお願いをするためだったとは。

三栖野さんは注意深く一段階だけ笑顔の明度を下げて言った。

「申し訳ないです。それはできません」

それはそうだ。当たり前だ。朱音もとくに残念そうな顔はしていない。三栖野さんは落ち着いた声でこう続けた。

「我々は芸能プロです。タレント個人の魅力、キャラクターを売るのが仕事です。その手段としての音楽の効果的な使い方ならば、どこよりも深いノウハウを持っています。けれど、音楽そのものを売るための知見はまったくないのです」

謙遜だろう、と僕は思った。だって、朱音でさえ気づいていなかった僕の細かい歌唱法の調節をこの人は見抜いていたじゃないか。

でも、すぐにわかる。謙遜ではない。誠実さなのだ。

「ＰＮＯの音楽は、特別なものです。我々のような門外漢が安請け合いするわけにはいきません。しかるべき人に任せてください」

「……はい。……すみませんでした。……ありがとうございます」

朱音は神妙に言って、しゅんとなってうつむいてしまった。

その様子を見て三栖野さんは口元をゆるめ、付け加える。

「もちろん、音楽業界とのつながりはたくさんあります。音楽プロデューサーやレコード会社の人にそれとなく話してみても――」

「ありがとうございます！」

朱音はぱっと顔を上げて声を高くした。

「まさに！　それを期待して今日は来ちゃいました！　コネをつくりに！」

僕はいたたまれなくなって手で顔を覆った。正直に大声で言うな……。

三栖野さんは顔をほころばせ、上品に声をたてて笑った。

「私も同じです。コネクションをつくっておきたくて朱音さんをしつこく何度もお誘いしてしまいました。今後気が変わってアイドルをやってみてもいいかなと思ってくれるかもしれないですし、期待せずに待ちます。ですから朱音さんも過度の期待はなさらないように。デビューできるならなんでもいい、というわけではないんですよね？　そもそもＰＮＯはもうとっくに商業の場に出ているわけですし」

「はい。うちら好き勝手に自分の音楽をマイペースでやっていきたいんです。だから活動には一切口を出さずに面倒ごとだけ全部引き受けてくれる人を探してるんです。でもできれば音楽業界にそれなりに詳しくて手助けもしてくれるといいな」

今度の三栖野さんの笑い方は、もうこらえきれないといった感じの腹の底からの笑いだった。

僕はもはや彼の顔を直視できなかった。すみませんうちの朱音が……オファーは断るけどこっちのわがままは全部聞いてくれだなんて……しかも内容がほんとうにわがままの極みで。

「そんな方がいたらうちに欲しいですよ。でも、探してみます」


「今日は色々びっくりさせちゃってごめんね！」

目黒駅に向かう帰り道で朱音が言った。

「いや、ほんと、うん、あれやこれや驚きっぱなしだったけど」

僕はぐったりして答えた。

「三栖野さんすっごいできる人そうだったからさ、うちらのマネージャーやってくれたら最高じゃない？　と思って、駄目元で。まあ無理だったけど、でもなにかにつながるかなって」

「朱音がマネジメントのことまで考えてくれてるなんて思わなかった」

「だってバンドの雑用いつまでも真琴ちゃんに全部押しつけてるわけにもいかないじゃん」

「ああ、うん、まあね」

「あと単純にアイドルの事務所って見てみたかったし、芸能界の話とか聞いてみたかったし。三栖野さん本人にもすごい興味あったし！　なんでこんな超美形がマネやってるんだろうとか、担当してる娘とできちゃったりしないのかなとか、もうどきどきだったよね！」

朱音は口調も足取りも浮かれていた。

「うん。あんなきれいな男の人、実際に見るのはじめてだよ。元俳優だって言ってたけど」

スマホを取り出して『三栖野冬弥』で検索してみると、すぐに大量の結果がヒットした。背筋が寒くなるほどの美青年の画像がずらりと並ぶ。映画の宣材やインタビュー記事のスキャンなど、古くて粗い画像が多い。二十年前なので髪型やファッションには時代を感じるが、顔そのものや肌つやなどは恐ろしいことにさっき見た実物とほとんど差がない。

「吸血鬼かって疑っちゃうね……」

並んで歩きながら僕のスマホをのぞき込んできた朱音がつぶやく。僕もうなずいた。

Wikipedia にも記事があったので、出演作一覧を見てみる。

「本数はかなり多いけど、主演ぜんぜんないね。映画もドラマも知らないやつばっかりだし。売れてなかったって言ってたけど、あんなすごいオーラあっても売れないのか……」

「芸能界って吸血鬼ばっかりいるんだろうね。吸血鬼なのがスタートラインみたいな」

朱音はくくっと笑う。

「でも裏方に来てくれたおかげであたしが知り合えたわけだしね！　三栖野さんには悪いけどあたしにとっては良い巡り合わせだったな。面白い話たくさん聞けたし、今度は俳優時代のこと訊いてみようかな？」

「あー……また逢うんだ？」

信号待ちのところで朱音はきょとんとした顔で僕を見た。

「……そりゃ、逢うよ。音楽業界の人あたってみるって言ってくれてたし、他にもなにかあったらいつでもって言ってたし」

あれは社交辞令では――いや、そんな決めつけは三栖野さんに失礼か。

「あたしが三栖野さんに逢うの、なんか困る？　まさか本気でアイドルやるかもって思ってるとかじゃないよね？　絶対ないよ？　あたしあんなファンサービス無理だよ、疲れちゃう。音楽だけやってたいよ」

「絶対ないと思ってたんだけど、実際に三栖野さんに逢って話したら、ほら……めちゃくちゃ良い人だったし話も上手いし気配りもできるし、で、朱音も気に入ってるみたいだし、何度も逢ってるうちに、こう、なんていうか、言いくるめられちゃうんじゃないかって」

なんかこれ喋っててめちゃくちゃ恥ずかしいな？　なんでだ？

朱音は小鳥を見つけた猫みたいな目つきで僕に顔をぐいぐい寄せてきた。

「それってつまりあたしが三栖野さんにたらし込まれるんじゃないかって心配してるの？　真琴ちゃんが？　そんな心配してくれちゃうの？」

「たらしこ――うむ……それは雑に要約しすぎじゃ……」

当たらずとも遠からずだった。あんなとんでもない美男子なのだ。朱音だって女の子なのだし、現時点ですでにかなり好意的なのだし。

「ひゃあああ。真琴ちゃんがそんな心配してくれるなんて！　お母さんに頼んで今夜はお寿司でもとってもらおうかな」

なんのお祝いだよ。

信号が青に変わり、朱音はさっさと駅の方へ走り出す。僕もあわてて早足で追いかけた。

そのまま駅に入って中央改札を抜け、プラットフォームに出たところでようやく朱音の背中に追いつく。

朱音はぱっと振り向き、春爛漫の笑顔で言った。

「でもね真琴ちゃん、大丈夫だよ安心して！　あたし、こう見えても一途だからね！　どんな美形でも、他の男になんてなびかないからね！」

「……え？　……ぅ、うん」

呆けた答えしか返せなかった。

わかってるよ。音楽一筋だもんな。イケメン業界人なんかにころっとやられてアイドルに転向するなんて、少しでも心配した僕が馬鹿だった。疑ってごめん。——そう言えばいいだけのはずなのに、なぜか言葉にできなかった。

朱音の笑顔の奥に、大切なものが隠されている気がして。

深く澄んだ水の底になにかが沈んでいるのに、水面が照り返す陽の光がまぶしすぎて、目を細めて息を詰めていることしかできない。そんな気持ちだった。

やがて朱音の笑みは儚げに透きとおり、その向こう側に列車が滑り込んできた。

帰りの車内はすいていたので、僕と朱音はシートの端に並んで座った。

「今日はありがとね、真琴ちゃん」

朱音が大きく伸びをしてから言う。

「三栖野さんとも話したかったけどね。いちばん話したかったのは真琴ちゃんだから」

「え、僕？　なんで」

「最近二人だけで話してなかったじゃん」

「ん？　うん。そうか。なんか話があったの？　バンドのこと？　困ってることでもあったのかな。ごめん気づかなくて」

「話があるから話すんじゃなくて話したいから話すの！　なんでわかんないかな！」

「あ、はい、ごめんなさい」

……なんで怒られてんの？

「鉄橋の下でみぃみぃ泣いてたあたしを拾ったのは真琴ちゃんなんだよ？　ちゃんとお世話してくれないと困るよ」

「捨て猫にしちゃずいぶん高いギター持ってたもんだな」

そこでふと僕は思い出して訊ねた。

「あのさ、僕むかしDTMまだやってなくてギター始めたてくらいの頃、あの河原でよく練習してたんだけど、朱音もそうだった？」

「うん。中学時代はしょっちゅう行ってたよ。不登校児で家にも居づらかったしね。ひょっとしたら中学生の真琴ちゃんとも何回かニアミスしてたかもね」

「僕はあの鉄橋よりもうちょっと上流側のコンクリートんとこでやってたんだよな。あ、そうだ、サイクリングロードがぐわーって曲がってるあたりでさ、夕方にきまってフラフープやってるおじいさんいなかった？」

「いたいた！　輪っか五、六個まとめて回してる人！　すんごいスタイル良くて動きキレッキレで、名物おじいさんだよね！」

「そうそう、ぴっちぴちのトレーナー着てて」

「あとシベリアンハスキー五匹も散歩させてるおねえさんもしょっちゅう見かけて、可愛いんだけどほんとたいへんそうで」

「あ、それも一回見たことあるな。六時くらいになると車両販売のパン屋さんが――」

僕らはしばらく、河原での思い出話に耽った。

これまであまり意識していなかったけれど、家が近いと共有できる話題がたくさんある。よく使っている店、よく通る道、中学校はべつべつでも隣同士の学区なので行事とか見学先とかが同じだったし、思いがけない共通の知り合いも見つかった。小学生の頃に僕と朱音は同じ英会話教室に通っていたのだ。僕は一年足らずでやめてしまったけれど、英国生まれだという先生は貴婦人然とした容貌と裏腹にかなりきわどいジョークを連発する面白い人で、レッスン外のおしゃべりはとても楽しかった。もう少し長く続けていたらクリスマス会かなにかで朱音と出逢っていたかもしれなかった。

山手線を半周する間、僕らはそんなとりとめのない話を続けた。思えば、音楽以外のことをそんなにも長時間話すなんていつぶりかわからないくらいだった。しかもバンドメンバーが相手なのに。

僕だって――音楽だけではなく、色んなものでできていて、色んなものを呼吸して、色んなものに触れながら生きているのだ。ただ視野が狭いだけで。

池袋駅で降りたとき、会話は途切れた。息継ぎみたいにごく自然に。

下り方面に乗り換えると、乗客の数はぐっと少なくなり、僕と朱音の間に横たわる沈黙も不思議なぬるさを感じられるようになった。傾いた陽が車内に差し込んでシートや床につぶれた光の菱形をいくつも並べていた。

もうすぐ僕らの使っている駅に着く。

この奇妙な短い旅が、終わってしまう。目的も収穫もあったのかどうかわからない、ささやかな休日が過ぎていってしまう。

収穫は──少しはあっただろうか。三栖野さんに逢えたことよりも、朱音がバンドの雑務にまで気を配っていてくれたとわかったのが、うれしい。

僕ひとりでやっているわけじゃないのだ。もっと人に頼ることをおぼえないと、この先続けられなくなるだろう。

「ずっと続けばいいのにね」

朱音がふと言った。

彼女が見つめる向かい側の車窓の外には、家々の屋根と街路樹と曇り空が入りまじった曖昧な色合いの刷毛目が続いていた。

「これがずっと続けば、って思っちゃう」

朱音の言葉が僕の想いにそっと寄り添って、そのまま窓の外へと流れ去っていく。

「でも無理なんだろうな。真琴ちゃんはさ、ずっと同じところにいない人だもんね」

「え？　……ああ、……うん」

「ひとりでも全然平気だしさ。きらきらしたものがあったらすぐ飛びつくしさ。あはは。あたしじゃなくて真琴ちゃんの方が猫だったか」

「いやそんなことは──なく……もないか……。拓斗さんの曲とか音楽祭のオケとか、勝手に決めてやっちゃったっけ。ううん。もっとバンドのみんなに相談しないと──」

「バンドの話はしてないんだなあ」

朱音はくっくっと笑った。

「でもけっきょくバンドの話にもなるのかな。真琴ちゃんだもんね。そんであたしだもんね。PNOも、いつまでもいつまでも続けばいいって思うけど」

そこで朱音は言葉を切って、いきなり僕の右手を両手で持ち上げた。指の一本一本をたしかめるようになぞったり、裏返して手の甲の血管と筋を指先でたどったりするので、僕はなんだかむやみにどきどきした。

「きっといつかは終わるんだよね」

僕の指の爪をじっと見つめる朱音の横顔は、陽の差す角度のせいかもしれないけれど、ひどく翳って見えた。

「……朱音？　なに言ってんの、そんな――」

「いっぱいバンド潰してきたから、なんかね、なんでも悪い方に考えちゃうんだけど。でも、人っていつかいなくなるものだし」

それは、地球の自転が減速を続けて何十億年後かに月が落ちてくるのと同じくらいたしかな事実かもしれないけれど、十代の少女が思いを割くべきことじゃなかった。

「あたしね、この一年ずっと幸せで。やっと本気になれるバンド見つけて。学校にも行くようになって。大事な友だちもできて。たまに信じられないときがある。朝起きてさ、これまでの全部が夢で、実は不登校も続けてて、制服だって一度も着ないままで、朝ご飯のろのろ食べて、行き先はまたあの鉄橋の下なんじゃないかって。そんなこと考えたりする」

言い終えて朱音がうつむくと、ひんやりした沈黙が僕らを包む。

なにか言わなければいけない、と思った。

大丈夫だよ。

全部現実だよ。

僕らはいなくなったりしないよ。

舌先で思いついた薄っぺらい言葉は、そのまま糖衣のように溶けて消えた。

代わりに僕は苦くてごつごつした正直な気持ちを吐き出す。

「……僕も同じこと考えるよ」

朱音の視線を頰に感じた。ガラスの向こうを架線柱の影が一定のリズムで横切っていく。ピアノロールに刻まれた小節の区切り線みたいに。

「ずっとひとりで、だれが聴いてるのかもよくわからない曲をネットにぽつぽつあげてただけだったのに。運が良すぎて。いつの間にか、こんなことになってた。今でも部屋で音源つくってるときに、ふっ、と思うよ。全部夢だったりして、……とか」

運、と呼ぶべきではないのかもしれない。

僕自身の力ではない部分が大きすぎて、つい運が良かっただけだと思いたくなるけれど、僕ではないだれかの力なのだ。巡り逢わせ、と呼ぶべきだろう。

人とのつながりが巡り巡って、こうして朱音のような理想のヴォーカルとも出逢えた。夢みたいだ。ずっと醒めなければいいのに、と思う。でも、夢の中で空を飛んでいるといずれ高く舞い上がりすぎて想像力の糸がちぎれ、目醒めが襲ってくる。それなら飛ばずにおとなしくしていればいいのに、僕らは翼があるなら飛びたい気持ちを抑えきれないのだ。

と、なにかが僕の視界を遮った。

朱音の手のひらだった。

いつの間にか彼女の顔がすぐ目の前にある。身体をぐっと傾けて僕に顔を寄せてきているのだ。不思議な色合いの光をたたえた瞳に、僕は息が詰まりそうになる。

そ、っと朱音の手が僕の頰に添えられ――

いきなり親指と人差し指で頰の肉をきつくねじり上げられた。

「いぇへへへへ」

変な声が出た。唇の端が引っぱられているせいだ。

「は、はにふんな」

朱音は間近でにかぁっと笑って言った。

「夢じゃないってたしかめてんの！」

なんて古典的な。

朱音の指の感触と体温は、たしかにこのうえなくリアルだったけれど。

「ほら真琴ちゃんはあたしのほっぺをつねってよ。助け合いだよ」

なんでだよ。自分でやれよ。と言おうとしてもうまく発音できないし、やらなければずっとつねっている雰囲気だった。僕はそっと手を持ち上げ、朱音の左の頬をつまんだ。

朱音の笑い顔が煮過ぎた餅みたいに溶ける。

「ぇへへ。変な感じ」

それはこっちのせりふだ。

ていうか僕ら電車内でなにやってんの？　並んで座って見つめ合ってお互いのほっぺたをつまんでるとか、冷静に考えてめちゃくちゃ恥ずかしいんだけど？　他の乗客もこっちをちらちら見てるし。朱音もようやく事態の恥ずかしさに気づいたのか、顔を真っ赤にして手をはなし、膝をそろえて正面に向き直った。

それから僕らは、夢でないことはわかっていても現実感のない残りの乗車時間を、ただ黙って列車がレールを踏む音を数えながら過ごした。窓の外の空は夕暮れに向かって少しずつ枯れていくところだった。僕の頬にも指先にも、朱音の微熱がずっと残って、まだなにかをささやいていた。

降車駅がもっとずっと先ならいいのにな、と僕はふと思った。

朱音の隣にいるのに音楽がなにも鳴っていない、そんなふわふわした輪郭も重さもない時間がなぜかとても心地よかった。

　でも車内アナウンスが駅名を無情に告げる。列車はプラットフォームに身をこすりつけて停まる。

　僕らは席を立った。

　改札を通るとき、朱音がふと言った。

「真琴ちゃんも六丁目に住んでたらよかったのに」

　僕は先に自動改札を抜けて小走りに駅の通路へ出ていった朱音の背中を目で追う。

　彼女の家は六丁目、我が家は二丁目で、駅を挟んで反対方面だ。

「もうちょっといっしょにいられたのにね」

　朱音が振り向いて笑う。僕はいつになく素直にその視線を受け止めることができた。

「……べつに、いいよ。家まで送るよ」

「え？　でも、そんなに暗くもないし遠くもないし」

　わりと真剣に驚いた顔で朱音は言って駅の出口から空をうかがった。まだ陽はだいぶ高い。

「いや、そういうんじゃなくて、僕ももう少し朱音といっしょにいたい気分だから」

「うひゃあ」

　朱音の顔が紅くなる。

　僕もなにを言ってるんだろう、とは思うのだけれど、正直な気持ちだったので他に言いようもない。といって特に話があるわけでもない。

「真琴ちゃん、ちょっ、だめだよ」

朱音は両手を火に群れる蛾みたいにあちこちばたつかせる。

「あたしこう見えても今日ずっと緊張しててさ？　真琴ちゃんと二人っきりなんて久しぶりだし音楽抜きでいっぱい喋っちゃって真琴ちゃん成分過剰摂取ぎみで、さらに送ってもらったりしたらちょっともうね？　もったいないからその優しさはまたいつかにとっといてもらってもいいかなっ？」

空回り気味の早口でよくわからんことを朱音は言うと、「じゃ！」と強引に締めくくって踵を返した。あっという間に駅出口へと遠ざかる。

なんだあいつ……？

朱音の姿が見えなくなってしまってから、僕は肩を落として反対側の出口に足を向けた。

しかし朱音が視界から外れたところであらためて気づく。

僕の方も意外に緊張していたのだ。なんだか肩や腕にこわばりがある。女の子と二人で出かけて、音楽の話を全然しないなんて。無意識に精神的負担を感じていたのかもしれない。ほんとうに朱音を家まで送っていったとしたら、宮藤邸が見えてきたあたりでいきなり限界を迎えて井上陽水とか歌い出していたかもしれない。

僕らの間に音楽があってよかった。

次にこんな機会があっても、いつも通り音楽の話をしよう。

音楽さえあれば、僕と朱音（あかね）はたとえ百歳までいっしょにいたとしても話題が尽（つ）きて気まずくなることなんてないだろう。

陽（ひ）だまりの縁側（えんがわ）で煮豆（にまめ）をお茶請（ちゃう）けにして、ピッキングハーモニクスで爪（つめ）が削（けず）れてきついだとか今年のグラミー賞の顔ぶれがいまいちとか話しているよぼよぼで皺（しわ）くちゃの僕らを想像すると、苦笑いしか出てこないけれど、なんとも幸せそうだった。

Paradise NoiSe
Shizuki Yurisaka

3　春を呼ぶ声

弱奏の乱れは心の乱れ、という言葉がある。

聞き慣れない、という人がほとんどだろう。当然だ。僕がついこの間造った言葉だから。

演奏にはメンタルが大きく影響する。殊にはっきりと表れるのは、ゆったりしたテンポや息の長いフレーズの箇所だ。派手な速弾きのソロや朗々と歌い上げる山場なんかは、勢いで押し切れるのでごまかしが利く。抑制的な部分にこそ集中力が要求されるのだ。

リズムキープが身上のドラムスともなれば顕著だ。隣でベースを弾いているとすぐにわかる。不安定さが肌に伝わってくる。

三月上旬のスタジオ練習で、僕は詩月のドラミングから不揃いな凹凸を感じ取った。その日の新曲は伽耶の卒業に寄せて書いたスローテンポナンバーで、アレンジも朱音の歌い方もしっとりしていて、リズム隊の乱れが余計に目立った。

といっても詩月は一流のドラマーなので、すぐに修整できる。数小節でいつものグルーヴを取り戻せる。だから朱音にも凛子にも気づかれなかったはずだ。

同じリズム隊である僕だけが、勘づいた。

「……新曲、なんかだめだった？　ずっと迷いながら叩いてる感じで」

休憩時間、飲み物を買いにスタジオの外に出た詩月を追いかけて、訊いてみた。

「えっ？　い、いえっ、そんな、真琴さんの曲はいつも通り最高です！」

詩月は焦って即答し、それから自動販売機に向き直った。

ごとっと出てきたペットボトルを握りしめ、僕に背を向けたまましばらく考え込み、やがて息をついて肩を落とす。

「……真琴さんはほんとうに、察してほしくないところではそうやって鋭くて……。演奏しながらだからでしょうか。私も精進が足りないですね」

「いや、ええと……？」

訊いてはいけないようなことだったのだろうか。

詩月はペットボトルの水を一口飲んで呼吸を落ち着かせると、意を決したように僕の目をまっすぐ見て言った。

「今夜、電話してもいいですか？」

その夜、詩月から通話があった。

なんかもう当たり前のようにビデオ通話で、こっちだけ画像オフにするのも感じが悪いのでしかたなくそのまま出る。詩月はいつぞや見たのと同じようなたいへんムーディなネグリジェを着ていて、胸元がフォーカスされるので目のやり場に困るったらない。

　しかし、指摘したらしたで、なんで寝間着にそんな注目してるんだってことになっちゃうし、気にしないようにする他なかった。

『真琴さん、お時間ありがとうございます』

　画面の向こうで詩月はそう言って深々と頭を下げる。

『あっ、でもちょっと待ってください、落ち着いて話すためには白熊のカレリンくんとペンギンのナターシャちゃんを左右に置いておかないと』

　画面内にぬいぐるみの頭部のあたりが映り込む。

『それで、真琴さん』詩月は声を落とした。『今日は下手な演奏をして申し訳ありませんでした。せっかくの新曲なのに』

「いや、ううん、……なにかあったの」

『はい。……身内の恥ですから真琴さんに知らせるようなことではないのですが、バンドとも無関係ではないので、恥を忍んでお話しします。……実はまた父が愛人をつくっていたことが発覚したんです』

　返答がまったく思いつかなかった。

愛人。しかも「また」。

父親の方の浮気で夫婦仲が危機的、という話は以前聞いた。「また」ということは、そのときの揉め事は一応収まったけれど別の女性と――ということだろうか。

「それは、……うん、たいへんそうだね。……バンドと関係あるってのは？」

『これまでは父ものらりくらりと躱してきたんですけれど、今回は母の実家にも知られるところになりまして。ついに離婚にまでいきそうな気配なんです』

どんどんなまぐさい話になってきたが、バンドにどう関わるのかわからない。

『離婚となれば私は当然、母についていくのですけれど……「百合坂詩月」と「村瀬真琴」はありとあらゆる姓名占いで相性最高なのに旧姓で「織野詩月」だとかなり残念な感じになってしまってっ！』

「いや知らないよそんなの」

バンドに関係あるんじゃなかったの……？

『はっ。すみません、今のは私だけにとっての一大事でした』

詩月はかあっと紅くなってペンギンをきつく抱きしめた。

『名字はともかくとして、離婚となると母はおそらく織野の実家がある藤沢に引っ越すのではないかと思います』

「藤沢かあ。湘南だよね？　だいぶ……遠いね」

うちの高校まで二時間くらいかかるだろう。毎朝それはつらい。

『転校、という話にでもなったら断固拒否します。真琴さんと離ればなれになるなんて堪えられません』

詩月は両手の拳をぐっと固めて勇ましく言い、それからすぐに肩を落とした。

『ただ、私だけ部屋を借りて東京に残る――となると、今度は母と離れなくてはなりません。こちらを立てればあちらが立たず、です』

『ああ、うん、お母さんと』

そこで僕は、あれ、と思う。

訊いていいことなのかどうか迷ったけれど、知っておくべきポイントである気がして、慎重に言葉を選んだ。

「お母さんと仲良いんだね？　いや、ほら、一時期バンドのこと反対されてけんかしてたし。あれはもう済んだ話か。よかった」

『いえ。仲はとくに良くありませんし謝ってもらった記憶がないのでけんかも継続中です。うるさく言われなくなっただけです』

冷然と詩月は言う。

『ただ、華道家としては尊敬していますから。母は私の目標です。親子である以前に師弟なんです』

普通は「師弟である以前に親子」じゃないのか？

『ということで、母と父の間はいくらでも冷え込んでもらっていいのですけれど、離婚はしないでもらいたいんです』

ひでぇ言い方もあったもんである。

「前から思ってたけど、お父さんのことは、あんまり、その……」

『はい。尊敬できるところなんてひとつもない人ですから』

それ面と向かっては言ってないよね？　我が子にこんなこと言われたら泣いちゃうよ。

『それでですね、私も手をこまねいているばかりではいられないので、父の愛人に逢って話をつけてこようかと思うんです』

「はっ？」

思わず声がひっくり返った。話が急展開すぎる。父親の浮気相手に逢う？　いったいなにを話すの？

「え、まさか、別れてくれって頼むとか？」

『それで済むならいいのですけれど。手切れ金などは……私もそこまで貯金があるわけではないですし……』

どんどん生々しい方向に話が進んでいく。

「いやそんなの詩月が払わなくても……払うのは当事者——いや、そうじゃなくて、心配なのはわかるけどそれはお父さんがどうにかすることでしょ」

『今回の不倫は私が原因なところもあるのです』

「え？」

『父の愛人というのが、高校受験のときに私につけてもらった家庭教師の方なんです……』

「うぇ」

　またも変な声が出た。

　それは――なんとも……複雑だ。

「知らない人じゃなかったんだ。それで逢いにいくってことね。うん」

『知らない人じゃないどころか、けっこう親しくしていました。私があんなにレベルの高い高校を目指さなければ父はあの人と知り合っていなかったわけで、私にも責任があります』

「いや全然ないと思うけど」

　そんなこと言い出したら中東紛争も地球温暖化も詩月のせいになってしまう。

「えっと、家庭教師ってことはお母さんとも面識があるわけか。よくそれで浮気できたもんだな。度胸あるっていうか」

　あの強烈なオーラの持ち主である女性が妻だと知っていたら、普通は怖くて不倫なんてできなくなるものじゃないだろうか。

『先生は母とは一度も顔を合わせていないんです』

「家庭教師なのに？　家に来て教えてたんだよね？」

『はい。でも母は忙しくて家を空けていることがとても多くて。それに私の受験にはまったく無関心でしたから。高校なんて行かない方がむしろお花の稽古の時間が増えていい、くらいの考えでしたし』

おっかねえ。あらためて聞くととんでもない家庭環境だった。よくまともに育ったものだ。

『ですから受験に関することはみんな父が手配したんです。先生とのやりとりもすべて父が。そのせいで、親しくなりすぎてしまったのかも——しれませんけど』

ううむ。

浮気相手のところに直接乗り込む、と聞いた当初に思い描いた絵面とはだいぶちがうようだった。それでもやはり詩月がやるべきことではない気がする。知った顔同士だから不穏な方向にエスカレートする心配はなさそうだけれど。

『それで、明日の放課後に逢う約束をしているのですけれど』

「明日？　話早いな！」

『なにをどう話すべきか考えていたら新曲が手に着かなくて……あの、ストレートな卒業ソングじゃないですか。それで自分の卒業のことを思い出して、先生のこともどうしても連想してしまって……ああ、すみません、真琴さんのせいにしてるみたいで』

「いや、それはいいんだけど」

逢ってどういう話をするんだろう、という疑問がずっと頭にまとわりついていた。

とはいえこれ以上詮索する筋合いもないし、僕にできることは幸運を祈るくらいか、と思っていたら画面の向こうの詩月がずいっと顔を近づけてきて言った。

『真琴さん、いっしょに先生に逢ってくれませんか』

「はっ？」

驚いて身を起こした拍子に、枕に立てかけていたスマホがぱたっと倒れた。あわてて拾い起こすとさっきの何倍も切実そうな詩月の顔がそこにある。

『だって父親の浮気相手に逢ってなにをどう話したらいいのかわかりませんしっ』

「僕はもっとわからないけどっ？」

『真琴さんは、ほら、浮気には詳しいですよね……？』

「詳しくねえよ！　どこからその発想出てきたの？」

『あとは不倫をするとこんなに厄介なことになるんだ、というのを将来の結婚生活に備えてよくよく知っておくべきだと思うんです』

余計なお世話にもほどがある！

「いやべつにそんなの知っておかなくても……不倫なんてしなきゃいいだけだし……」

『しないんですね？　絶対に、絶対にしないと指輪にかけて誓ってくださるんですねっ？』

「指輪どっから出てきた」

まあ、結婚指輪ってそういう契約のしるしの意味もあるんだろうけど。

「僕の話は関係ないでしょ。僕が浮気するわけじゃないんだし」

『絶対に浮気をしない一途で清廉潔白な真琴さんがついてきてくだされば、きっと話し合いもスムーズに進むと思うんです』

「さすがに無理がないか……？」

『とにかく真琴さんについてきてほしいんですっ！　理由はどうでもよくてわがままを言いたい時期なんです！』

顔を真っ赤にして詩月はわめいた。そんな正直に言われても。

『あっ、女装してきてくださいとは言いませんよ？　そこを心配されてるなら――』

「してねえよ。普通のかっこうで行くよ」

『ごいっしょしてくださるんですね！』

あああああ。しまった。つっこんでたら誘導された。

*

翌日の放課後すぐに校門のところで詩月と待ち合わせた。

スタジオ練習のない日だったけれど、朱音と凛子は詩月のすぐ隣のクラスなので帰り支度を急いでいる様子を察してついてきてしまう。

「今日はっ、その、真琴さんと二人で大切な話し合いがありますので！　今日だけは真琴さんを貸し切りですので！」

詩月はずいぶん焦った様子で凛子と朱音に言い張った。

「事情を聞いてから判断する」と凛子はとてもえらそう。

「あたしはいつも帰りの電車で真琴ちゃんを独占してるから少しくらいならべつに」と朱音も別方面でえらそう。

「身内の恥なので詳しくはお話しできないんですが……」と詩月はもじもじして、僕にしきりに視線を滑らせながらつぶやく。「浮気をきっぱりと清算するための話し合いをするんです」

「いっそ詳しく話せ！　最悪だよ！　なんか変な誤解されてるよ！」

「とくに誤解は招かないと思うのだけれど。村瀬くんが浮気性なのは事実だし」

「ほらさっそくじゃん！」

「すでにメンバーがそろっているのに素敵なベーシストを見つけたらほいほい誘っちゃう人はどこからどう見ても浮気性でしょう」

「うぐっ……」

反論できない。いやしかしこの件とは無関係で――でも詩月の家庭の問題に触れずに無関係だと説明するのは無理があるし……

「ちょっと待って凛ちゃん、ほいほい誘った結果追い出されちゃったのも真琴ちゃんだよ」

「ふうむ。言われてみれば」と凛子は白々しく腕組みする。「浮気をしたのも浮気で泣かされたのも村瀬くん。どういうことなの？」

「こっちが訊きたいよ！」

「とにかく今日の真琴さんは私のものですから！」

詩月は僕の腕に腕を通してぐっと校門の外へと引っぱった。

「おみやげ買ってきてね！」

「相手も未婚なら大目に見るから」

心温まる二人の言葉に送られて僕と詩月は駅へと向かった。

プラットフォームで電車を待つ間、神妙そうな顔で詩月が訊いてくる。

「先方と話す前に確認しておきたいんですけれど、真琴さんは、つまり、その……浮気に関してはどういう考え方をお持ちなんですか」

「は？」

なんかもう昨日から詩月の発言が想定外すぎてついていけなくなっていた。

「考えたこともなかった。訊かれても困るっていうか」

「じゃあ今考えてください！」

「なんでそんな。だれかとつきあったこともないし想像もつかないよ」

「つきあったことないんですかっ？」

なんで満面の笑みで再確認してくるの。僕が女性経験ゼロなのがそんなに面白いか？　ほっといてくれよ。

「ではではっ、仮でいいので！　仮に、そう、具体的なだれかを想定した方が考えやすいかと思いますから、たとえば、仮にですよっ、私と真琴さんがおつきあいしていたとしてですね、私が浮気を――」

詩月の声はどんどん上ずっていき赤面がピークに達した。

「――するわけないですっ！　私が浮気なんてっ、そんな絶対ッ！」

「いきなりなんだよ。落ち着けって」

「ほんとですよっ？　信じてください！」

泣きそうな目ですがりつかれるのだが想定しろって言ってたのはおまえだろ。

「仮の話だろ。ほんとにそんなことするなんて思ってないよ、大丈夫」

「ほんとですかっ」

駅で騒ぐのやめてくれないかな。他の客がこっち見てるし。

「では、あくまでも仮の、絶対にあり得ないですけれど、私が浮気したとして真琴さんはどう思うんですか？」

「ううん、いや、べつに」

そんなのは各人の自由で、しかたのないことだ、と言おうとした。

けれど、言葉にできなかった。

詩月がだれかと睦み合っているところを想像しようとすると、とがった部分が脳味噌のどこかに引っかかって出てきてくれないのだ。なんだこれ？

「どうしたんですか真琴さん」

詩月が身をひねって僕の顔をのぞき込んでくる。心なしか口元がゆるんでいる。

「いや、ええと……なんか、うまく思い浮かべられないというか、考えようとするとざわざわするというか」

笑みが詩月の顔全体に広がった。

「そうなんですか。ふうん。真琴さんでも、ですか」

なにがそんなに可笑しいんだよ。泣いたり笑ったり情緒の忙しいやつだ。詩月の恋人になるやつはさぞかし苦労するだろうな。


六駅目で降りた。たしか詩月の家の最寄り駅だ。

くだんの相手との面会場所は駅ビルの中にあるカフェだった。奥まった席に腰掛けてテーブルに肘をついてスマホを見ているショートカットの女性を見つけ、「いました」と詩月はつぶやいて足早に寄っていった。

向こうも気づいて顔を上げる。

「詩月ちゃん。久しぶり」

にこやかに手を振ってくる。縁なしの眼鏡をかけ、タートルネックのセーターとデニムというこざっぱりしたかっこうをしているのだけれど、たいへんスタイルがよく大人の魅力をあふれんばかりに湛えた人物だった。歳は、三十前後といったところだろうか。

「風間先生、お久しぶりです」

詩月は硬い口調で言って小さく頭を下げた。

風間、と呼ばれたその女性は、僕に目を留めて意外そうな顔になる。気づいた詩月は僕の方を手のひらで示して紹介してくれた。

「こちら、村瀬真琴さん。私の、ええと……私を護ってくれる人です」

いや意味わからんのだが？　なんでついてきたのか僕も理解していないくらいだから紹介しようがないのかもしれないけど。

「真琴さん、こちら私の家庭教師をしてくださっていた風間光穂先生です」

「はじめまして……」

どういうスタンスで接すればいいのかもわからず、僕はひとまず頭を下げる。

「はじめまして風間です。詩月ちゃんの彼氏？」

いきなり距離を詰められた。

「い、いえっ、ちがいます、バンドメンバーで」

「真琴さんっ、なぜすぐ否定するんですか！　そこはひとまず認めておいて会話の主導権を握らないとだめです！」

　なにしにきたのかも把握してないのにいきなりそんなタクティカルなこと言われても。

「友達以上恋人未満てとこ？　同じ学校なんでしょ」

　光穂さんは僕らのブレザーを見比べて言う。

「高校、楽しそうでよかったよ」

「はい！　もう楽しいことばかりですっ！」と詩月は力一杯答える。「ほんとうに先生のおかげです、だいぶ背伸びした志望校でしたから。受かってなかったら真琴さんにも逢えていないわけですし私の人生真っ暗闇でした」

　真っ暗闇は言い過ぎでは……？　詩月くらいの器量ならどこでも平均以上にやっていけただろうに。

「がんばったのは詩月ちゃんだよ。役に立てたならうれしいけどね」

「でも先生の教え方がどれだけ丁寧だったか、当時はぜんぜん意識していなかったんですけれど、この冬にうちの高校を受けるっていう子と勉強会をやったんです。そしたらできが悪かったはずの私の教え方がすごくわかりやすいってその子が言ってくれて、実は私は先生の真似をしてただけなんですけど」

「えー、そうなの？　それはもっとうれしいなあ。その子合格できた？」

「はい！　おかげさまのおかげさまで！」

「詩月ちゃん教師に向いてるんじゃないの？　目指してみたらどう？　あ、でもお花の方を継ぐんだっけ」

「継ぐというよりも自分の流派を立てたいのですけれど、他にもやりたいことが――」

二人は和気藹々と話し始めた。

店員がオーダーをとりにきて、僕はカフェオレ、詩月と光穂さんはがっつりケーキセットを注文する。紅茶が香り、レモンタルトとガトーショコラが並び、家庭教師と教え子とが昔話に花を咲かせる麗しい空間ができあがり、僕はその隅っこで身を縮こめてカフェオレをすすりながら、一体なにやってんだろう……と途方に暮れていた。

いや、あの、お父さんの不倫のことで話をつけにきたんじゃありませんでしたっけ？

詩月の横顔をうかがいながら全力で念を送る。いかにも楽しげな二人の会話に口を挟むのは野暮なので声には出さない。

当然、通じない！　僕はエスパーではないので！

けっきょく話がそちらの方向に流れるのをじっと待つしかなかった。

「――敏夫さんは詩月ちゃんを華道じゃない方に進ませたがってたみたいだけどね。私も進学のことであれこれ相談されたから。そこの高校はどんぐらいのレベルなんだ、有名私大への進学率は、就職にはどれくらい有利なんだ、とかもう根掘り葉掘り」

父親の名前が出たとたんに詩月の目つきが変わった。

「そうでした先生。本題を忘れるところでした！」

もうとっくに忘れたのかと思ってたよ。

「単刀直入に言います。父と別れてください」

さんざん脇道にそれていたくせに突き刺すときはあきれるほどまっすぐだった。

「あー、うん。……やっぱりそういう話のために呼び出したのか」

光穂さんは苦笑して紅茶の残りを飲み干した。

「うん。別れるよ。ばれたら潮時だよね」

拍子抜けなほどあっさりと話が済んでしまった。詩月もまごついている。

「え、い、いいんですか、そんなにすんなりと。もっとこう泣きわめくとか暴れるとかを想定してボディガードの真琴さんを連れてきたのに」

「……そんな役目期待されても……」

「口実だからいいんです！　実際に暴れられたら私が真琴さんを護りますから！」

もう隠す気もないならいちいち口実とか要らないだろ。

「仲良いね。うらやましいな。私も高校時代にそういう恋がしたかったよ。今じゃおばさんだから爛れた恋しかできなくてね」

　おばさん、と自虐するにはまだまだ若すぎるのではと思ったけれど、それよりも本題にまた一歩踏み込んできたことの方が重たかった。僕は黙って彼女の口元を見つめ、それから横目で再び詩月の表情をうかがう。

「……父とは、いつから？」

　抑制の利いた声で詩月は訊ねた。

「ひょっとして家庭教師に来てくださったときにはすでに」

「ちがうちがう」光穂さんは苦笑して手を振った。「あの頃はたしか敏夫さん六本木のクラブの娘に入れあげてたし。私とは、詩月ちゃんが合格した後だよ。ここ一年くらい」

　めちゃくちゃあけすけに言う人だった。

「私、外資やめた後ずっと無職で遊んでてさ。たまにクラブでバイトするくらいで。いいかげん貯金も尽きてきたところで敏夫さんに家庭教師やってみないかって言われて。でも詩月ちゃんが合格したら無職に逆戻りでしょ。どうしたもんかなって思ってたら敏夫さんがそのまま月謝払い続けるよって言ってきて。さすがに申し訳なかったけど断れなくて。んでまあ、ずるずるとそういう関係になっちゃって」

　なんでもなさそうな口調が、実になまぐさいリアルを感じさせた。詩月はため息をついて言った。

「恩師と父親が――と知ったとき私がどれだけショックだったかわかりますか」

「詩月ちゃんに申し訳ないとは思ったけどねえ。お金に困ってたから、そこは気にしてられないっていうか」

「気にしてください！　だいたいお金の話をするなら、妻帯者だと知っていたんですから裁判になったら確実に負けて慰謝料ですよっ？」

詩月もだんだん抑制が利かなくなってきたようだった。

「女房はプライド高いから責めるなら俺だけで愛人の方は完全無視するだろう、って敏夫さんが言ってたし」

「……我が父ながら……ほんとうにろくでもない人ですね……」

全面的に賛同せざるを得なかった。

「ね。わりと人間の屑だよね」

光穂さんもけらけら笑うので救いようがなかった。

「先生も先生です。もっと素敵な方がいくらでも見つけられるはずでしょう。どうして父みたいな男に……。お金以外なにもない人でしょう」

そこで光穂さんの顔にほんのひとしずくの真剣さが混じる。

「詩月ちゃん、お父さんのことをわかってないよ」

詩月は眉をひそめる。

「どういうことですか」

「敏夫さんめっちゃいい男なんだよ。愛人とっかえひっかえしてるでしょ。ただお金持ってるだけの男にはできないよ」

「さっき先生も人間の屑だっておっしゃってましたよね……？」

「人間の屑なのと魅力的なのは矛盾しないんだなあ」

光穂さんの言葉に詩月は目を見開き、しばらく口ごもった。それからしみじみとした口調で吐き出す。

「……わかります……！」

おい、今なんか僕の方をちらっと見なかったか？　気のせい？

「それに詩月ちゃん、お母さんのことは好きでしょ？」

「好き――というのではありません。ついていけないところもたくさんあります。けれど徹底した美意識や自分への厳しさなどは尊敬しています」

とても母親に対する気持ちを表す言葉とは思えない堅さだった。光穂さんは淡く微笑んで続ける。

「そのお母さんが選んだ結婚相手だよ。詩月ちゃんみたいな良い子を産んで一緒に育てた相手なんだよ。お金以外にもいくらでも魅力あるにきまってるじゃん」

「言われてみれば……」

今日なにしにきたのほんとに？　父親の浮気相手の惚気をわざわざ聞きにきたの？

「だから私としても別れたくはないけど、ま、しかたないね」

光穂さんは立ち上がって伝票を取った。

「もう縁切るよ。それじゃ詩月ちゃん、久々に話せて楽しかったよ」

「あっ、私がお呼び立てしたのですからお勘定は――」

「いいのいいの。私の財布に入ってるのはみんな敏夫さんからもらったお金だし」

そう言い残して光穂さんは悠々とレジの方へ歩いていった。

「……今日はほんとうに、すみませんでした。つきあわせてしまって」

カフェを出てエレベーターを待つ間、隣で詩月がつぶやく。

「いや、ううん。お役に立てず……」

このあいだ朱音といっしょに芸能事務所を訪ねたときも僕はたいがい無意味な介添人だったが、今日はそれ以上だった。自己紹介が終わってからは光穂さんと一言も喋っていない。なんだったんだほんとに。

詩月との間に流れる奇妙な沈黙に堪えかね、言ってみた。

「……どっか遊び行く？　せっかくだし」

「いいんですかっ？」

詩月は抱きついてきそうなくらいの勢いで訊き返してくる。

「いや、だって、これだけの用事でおしまいってのも今日一日もったいない気がして」

「ううぅ、そうですよね、すみません……」

「あ、いや、詩月を責めてるんじゃなくて」

「あっ、それでは、我が家にいらっしゃいませんか？　すぐ近くなんです！」

「詩月の家？」

「はい。前々から、真琴さんに私がお花をいけるところを見てほしいと思っていて」

それは――僕も一度見たいと思っていた。

駅ビルの一階にある花屋に寄った。薫り高く色とりどりの店内を見渡す詩月の目つきは、狩人の真剣さと子供っぽい剝き出しの期待感が同居していて、隣にいるこっちまでわけもなく昂揚してきた。

「普通の花屋で買うんだ？　華道専門業者みたいなのがあるんじゃないの」

お会計を済ませてラッピングを待っている間に訊ねる。

「市場で仕入れることが多いですけど、どこで買っても花は花ですよ」と詩月は笑う。「私は街中の花屋で買うのも好きです。枝物なんかはあまり種類がそろっていないので選択肢は狭まりますけれど、なんというか、お店の方の意思を感じますよね」

駅ビルを出て住宅地の方へと向かう途中、坂道の路傍で詩月はいきなりかがみ込む。

「オオイヌノフグリ！　きれいですね」

コンクリートの裂け目にびっしりと張り付くように茂って青い小さな花を咲かせているその草を、詩月は大胆に手でごっそり引き抜いた。

「え、それ？　使うの？　雑草でしょ？」

「花は花ですから」

詩月の笑みに、僕は胸を刺された。

百合坂邸は僕の想像をはるかに超える豪邸だった。侘びた造りの門をくぐると、品良く手入れされた木々が茂る玉砂利敷きの庭が広がり、飛び石の道が母屋の玄関まで続いている。左手の方に見える離れだけでも一般人の思い浮かべる庭付き一戸建ての規模があるのだ。母屋がどれくらいの大きさなのかはざっと見渡してもよくわからないくらいだ。

気後れしながらも詩月の後について庭を縦断する。

玄関の脇で、スコップの手入れをしている総白髪の男性がいた。

「ああ、お嬢様。お帰りなさい」

長靴に軍手に作業着というかっこうからして、おそらく庭師だろう。

「ただいま帰りました、城島さん」と詩月。「お母様は帰ってますか？」

「ええ、先ほど」

母親も在宅なのか。緊張してきた。庭師は僕にも目を向け、黙礼してから作業に戻った。

　ばかばかしいくらい広い三和土で靴を脱ぎ、板張りの床にあがる。

　さすがに華道家の自宅で、玄関の両脇はもとより、廊下の途中にも飾り棚が設えられていて花の鉢が置かれていた。どれもたいへん趣味が良く、心落ち着かせる作品で、詩月の後をついて歩きながら少し緊張がほぐれてくるのを感じていた。

　しかし何回目かの廊下の曲がり角で、あちらからやってきた和装の女性とばったり出くわし、僕の緊張はまたも針が振り切れるほどに高まってしまった。

　いつぞや一度だけ顔を合わせたことのある、詩月の母親だった。自宅だからなのか髪は結っておらず、そのせいで前に見たときよりもずっと若く見えた。詩月の面影もある。

「お母様」

　詩月の声もやや固くなっていた。

「ただいま戻りました。突然ですみませんが真琴さんをお招きしました」

　詩月の母親は僕に険しい視線を向けてきた。きっと弟子の作品を講評するときもこんな目をしているのだろう。

「どうぞごゆっくりなさっていってください」

　慇懃に言って頭を下げる。

「お、お邪魔します」

　僕はやっとそれだけ返せた。

それから詩月の母親は、詩月の手にした花束に目を留める。

「真琴さんにお花をいけるところを見ていただこうと思って」

詩月が言うと、母親は小さくうなずいた。

「当流として恥ずかしくない作をお見せするように」

母親が娘にかける言葉がこれである。親子である以前に師弟、とはまったく誇張なしの表現だった。

「菖蒲の間をお使いなさい」

言い置いて母親は廊下を僕らの来た方へと歩み去った。

通されたのは十二畳の和室だった。障子越しに午後の陽が深く差し込んでいる。簡素な造りの床の間は空っぽで、これから生ける花を置くのだろう。

畳の上に大きな敷物を広げ、花材や鋏、バケツ、花器などを並べた詩月は、ぴんと背筋を伸ばして正座すると、手をついて頭を下げた。

「それでは、よろしくお願いします」

「え。……あ、う、うん。よろしくお願いします」

どこでどう観ていればいいのかわからなかった。真正面では詩月もやりづらいだろうと思い、襖のそばまで退がって腰を下ろす。

しばらく、詩月は広げられた花材をじっと見つめたまま動かなかった。

佇まいの静謐さに、僕はぞくりとした。

なにをしているのかは理解できた。華道のことはまったく知らないけれど、ありとあらゆる創作で身体を動かす前に必ず踏むプロセスだ。

イメージを練り上げているのだ。

やがて詩月はふっと身を浮かせた。立て膝になり、鉢の底に剣山を沈め、静かに水を注ぐ。白い花のついた大ぶりの枝を取り上げ、小さな枝を払い、鋏を入れ、優しい手つきで撓め、曲線を整えた後で剣山に立てる。

真ん中の花冠が淡い紅に色づいた黄色い水仙を、枝に沿わせて立たせる。最後にオオイヌノフグリの群生を水際に散らし、花器の縁からわずかにこぼれ出るようにする。

ひとつひとつの工程が、事務的な作業感をまったく漂わせない、たおやかで優美な所作だった。鈴の音さえ聞こえてきそうなほどだ。

全体を整え終えた詩月が、息をついて正座に戻った。そのときになって僕はようやく、自分もずっと息を止めていたことに気づいた。

「ありがとうございました」

深く一礼した詩月は、道具をしまいながら続けて言う。

「とても良い枝振りのムシカリが手に入りましたので、テーマは『春を呼ぶ』です。オオイヌノフグリも早春の花ですし。どうでしょうか」

しばらく、自分への問いかけだと気づかなかった。

「……真琴さん？」

「えっ？　あ、ああ、うん。……ええと。すごく――」

その先の言葉はなかなか出てこなかった。

広い口の鉢からゆるやかな螺旋を描いて空に伸びる細い枝には、溶け残った雪がそのまま形を変えたかのような透きとおった純白の花がこごみのある葉にのせられてひとかたまり、またひとかたまりと浮かんでいる。色づいた水仙が三輪、ひとつは陽を探し求め仰ぎ、もうひとつは物憂げにうつむき、もうひとつは名残惜しげに振り返ろうとしている。オオイヌノフグリのいたいけな青は水面から立ち上がろうとする健気さを感じさせた。

春を呼ぶ声が、たしかに聞こえる。

「――すごい、ね。……ほんとに」

なんて貧しい語彙だろう、と自分で絶望する。花の美しさと力強さを讃える言葉が僕の中にないのだ。

でも詩月はあたたかく笑ってくれた。

「はい。自分でもなかなかだと思います」

手早く片付けを終えると、花器を床の間に移す。明かり取りの小窓から差し込んだ午後の陽がちょうど水面に落ちて色彩を穏やかに燃え立たせる。

「お花って、流派も様式もたくさんありますけど」

僕と同じく鉢を見つめながら詩月は言う。

「いちばん大事なところは変わらないんじゃないかと思います。生命力です。花の生きる力の美しさをどうやって映えさせるか。だから、空間芸術ではあるのですけれど——時間芸術の側面もあるのだと思っています」

時間芸術。

生まれ、放たれ、動き、移ろい、咲き乱れ、いつかは消える。

音楽と同じように。

「ですから、その……」

口ごもった詩月の声に、感情がじわりとにじむ。

「私の中で、お花を慈しむ気持ちと音楽を愛する気持ちは分けられなくて——だから、あの、PNOのドラマーとしてこれからももっともっとプレイを磨きますけれど、お花にもやっぱり本気で、家元を目指す気持ちもほんとうで、これって浮気ではなくどちらにも全力だということなので」

「……え？　う、うん」

僕はぽかんとなった。

詩月がなぜこんなにも切実そうなのかわかって、拍子抜けしたのだ。

「いや、……うん。わかってるよ、そんなの」

「ほんとですか……？」

詩月が食い入るようにこちらを凝視してくるので思わず目をそらす。

「最初からわかってた。はじめて逢ったときから——いや、ちがうな。逢う前からだ。僕は学校の玄関に飾ってあった花を見て詩月を知ったんだよ。見てすぐにわかったよ。花に命かけてるやつだって。だからほら、あの、二作目の遠慮がちなやつ見てがっかりしたし、その後の本気も本気のやつ見て痺れたし、ドラムスよりもまず花で詩月に惹かれたんだ」

詩月の顔がかすかに青ざめた後で盛大に紅潮した。

「ま、真琴さん、い、今のっ」

ものすごい勢いで詰め寄ってくるので僕は背後の襖に背中をぶつけてしまう。

「今のもう一度おっしゃってくださいっ」

「え？　花に命かけてる、って？」

「もうちょっと後です！」

「遠慮がちなのでがっかり——」

「もっと後ですっ！」

「本気のやつ見て痺れ——」

「もうちょっとです！」

「花で詩月に惹かれ」「ああああああああもう一回！　もう一回言ってください！」

おでこがくっつきそうなほど顔を寄せて絶叫しないでくれ。耳が痛い。

「花で詩月に惹かれたから、あ、あの、もちろんドラムス聴いてからも」

「ああああああ幸せすぎます、もうお花もドラムスもどうでもよくなってきたのでお嫁さんだけ目指します」

全力はどこいったんだよ？

＊

翌日の昼休み、真っ先に音楽準備室に顔を出し、小森先生と一緒に昼ご飯を食べていると、体育の着替えで遅くなったらしき詩月と朱音と凛子がそろって入ってきた。

「あっ、真琴さん、昨日はありがとうございました！」

詩月がさっそく僕の隣に腰を下ろしてうきうきの声で言う。

「あの後、母に言われたんです。次はいつ連れてくるのか、って。ちゃんと挨拶したいから、だそうです」

「なにそれなにそれっ？」

朱音が食いついてくる。

「二人とも昨日どこ行ってなにしてたのっ？　しづちゃん家行ってたってこと？」

「ああ、ええと、その――」

愛人どうこうの話をするわけにもいかず言い淀んだのがよくなかった。横から詩月がすかさず答える。

「大丈夫ですよ。浮気の話はきれいさっぱり片付きましたから」

凛子が目を静かに怒らせて棘のある声で言う。

「こちらはなにも片付いていないので最初から説明して」

「浮気？　どういうこと、わたしこれ聞いてていいやつ？　席外して当事者だけで話し合った方がいいのかなっ？」

小森先生まで興味津々でのってきてしまった。ほんとに勘弁してほしかった。

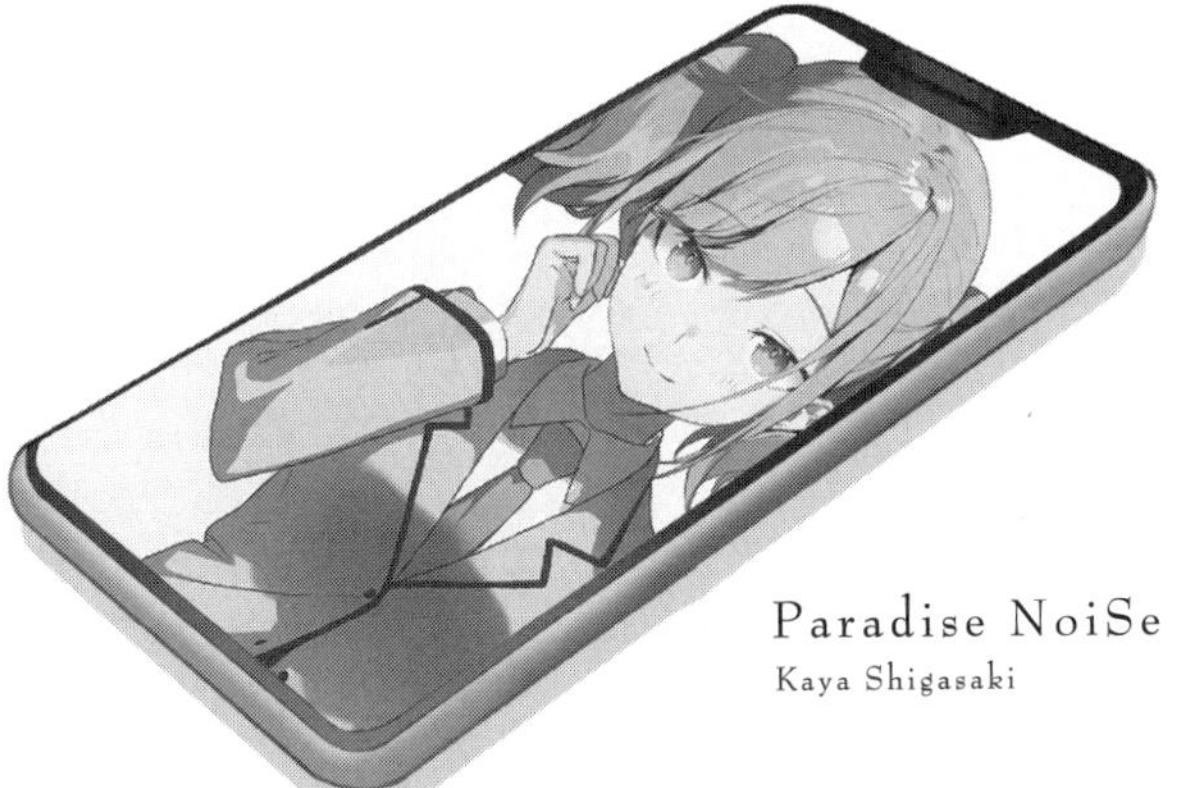

Paradise NoiSe
Kaya Shigasaki

4　マカロン狂詩曲

そもそもホワイトデーってなんなんだよ、という話である。

「バレンタインはいいよね。チョコ贈るってはっきり決まってるから。ホワイトデーなんて飴とかマシュマロとかクッキーとか、果ては食べ物じゃないのとか、もうなにを買ってけばいいのか全然わかんないよ」

三月十二日の夕食時、ホワイトデーの話題が出たので僕はそう愚痴った。

「お父さんを参考にしたら」と母が味噌汁の椀を手に隣の父を横目で見る。

「なんか良いやり方があったの？」

父は大いばりで教えてくれた。

「すまん金がない、って謝ってた。学生の頃はな」

「全然だめじゃん……」なんでそんなえらそうなの？

「しかしなんといっても俺は一途だったから謝る相手は母さんだけで済んだ」

「だからそれ自慢することじゃないでしょ？」

「で、真琴は何人からもらったんだ？」

「ん……ええと……」

「おいおい即答できないくらいもらってんのかよ？」

「バンドメンバーにはみんなもらったから四個で、あとクラスの女子から余りの義理チョコを全部押しつけられて……あ、あと両隣のクラスからも、あれはノーカウントなのかな」

「けっ！　全員分ヴィトン買って破産してしまえ！」

実の父親が息子に向かって言うことですかこれが？

「俺なんて今年は母さんを銀座のギリシャ料理店に連れてくんだぞ。一途だからできる贅沢だ。うらやましいか」

「うらやま……ううん……？」

「私は成城石井のフォンダンショコラ五百円のやつ買っただけなのにね」

母は澄ました顔で言う。

「二人でうまい飯食いにいく口実だからいいんだよ！」と父。

もうすぐ銀婚式だというのにあいかわらず仲の良い夫婦だった。そこはうらやましいと言えなくもないが。

「約束だから、私が買い物つきあうよ」と姉が言う。「なるべくコスパのいいお返しを教えてあげるから」

そこでまた父が余計な口を挟んでくる。

「婚姻届とかどうだ。紙だから白くてホワイトデーにぴったりだし役所で無料でもらえるからコスパ最強」

「それ実際にやって私にひっぱたかれたやつでしょ。息子にすすめないで」

ほんとに仲の良い夫婦だった。うらやましくはなくなった。

＊

翌日の夕方、僕は姉と連れ立ってデパートに行った。

店内に入ってすぐ、案内カウンター脇のラックに『ホワイトデー特集』というタイムリーなチラシが置いてあったので、姉が一枚抜き取って僕に見せる。

「こういうの参考にする？」

「えええ……だってジュエリーとかハンドバッグとか載ってるよ。僕には縁ないよ」

「まあそうか。高い買い物させるためのチラシだもんね。昔はホワイトデー三倍返しとかいってたけどもうそんな時代じゃないしなあ」

そう言いつつも姉はエスカレーターに乗っている間ずっとチラシをくまなく見ていた。

「あっはは。『本命へのお返しの大定番！　エレガントなランジェリーを特別な人へ』だって。どこの世界の定番なんだろ。マコ、どう？」

「いやだよ！　下着なんて贈ったら変な目で見られて下手したらバンド解散だよ」

「『純白にさりげなくハートをあしらったデザインはどんな女性にも喜ばれます』だって」

「姉貴、ホワイトデーに男から下着もらったらどう思う……？」

「シンプルにキモい」

その言い方はさすがにひどすぎて下着メーカーさんに失礼だと思うが。

「彼氏だったら即別れるし彼氏じゃなかったら警察に相談する」

「そこまで？」

「だいたい下着なんてサイズ合ってなかったら着けらんないし、合ってたら合ってたでなんでサイズ把握してんのってことになるでしょ」

「ああ、うん、まあ、そうか」

「マコも気をつけなよ。合わないブラ着けてると身体に悪いよ」

「そもそも着けないけどッ？」

あと周囲にたくさん他の客がいるんだから不用意な発言やめてくれる？

けっきょくのところ僕らが足を向けたのは地下の食品街だった。洋菓子売り場は、バレンタインデーほどではないにしろかなり混雑している。普段あまりお菓子に縁がなさそうな年配男性の姿も心なしか目立つ。

「クラスの女の子たちには安いやつをいっぱいもらったんだっけ？」

「うん。大袋入りの」

「それはカントリーマアム三袋で済ませればいいか」

「それだと助かる」

「あとはバンドメンバーの娘四人ね」と姉はお菓子売り場を見渡した。「ところで、ホワイトデーのお返しって種類によって意味があるの知ってた？」

「……いや、知らないけど」

「たとえばね――」

姉はスマホを取り出してなにやら検索する。

「クッキーは『お友達でいましょう』だって」

「え、クッキー好きな娘は両想いになれないじゃん。かわいそう」

「チョコは『あなたと同じ気持ちです』」

「同じ物返すからか。無難……かな」

「マシュマロは『あなたが嫌いです』」

「えッ？　なんでッ？」

「さあ。マシュマロ業界が全日本ホワイトデー連盟にみかじめ料を払わなかったんじゃない」

姉はちょくちょく真顔でこういう冗談を言いやがるのだ。

「女性向け雑誌のライターとかがてきとうに考えたんだと思うけど、こうやって検索で出てきちゃうくらいだと大した風評被害だよねえ」

「もういいよそういうのは、気にしてもしょうがない」

「下着は『下心があります』だって」

「当たり前だよ！　下心がなかったらむしろ怖いよ！」

僕はいいかげんうんざりして姉を放置し売り場を巡り始めた。ゴディバ、ヨックモック、グラマシーニューヨーク、ベルアメール、モロゾフ——ときらびやかな出店が並ぶ。

凛子、詩月、朱音、そして伽耶。四人とも、手作りだったり高い店だったり珍しい品だったり、けっこういいものをくれたんだよな。四人のおかげで動画もかなり稼げてるし、それなりのものを返さないと。

しかし、とガラスケースの中に整然と並ぶ甘い宝石たちを眺めて思う。

くっそ高い。

有名店のチョコってこんな値段すんの？　一箱たったの八個入りで、スタジオが一時間借りられるくらい——いやそんな換算してもしょうがないか。

「……ギターの弦とかそういう消耗品をプレゼントした方が喜ばれるんじゃないかな……」

ぼろりと漏れた本音を、すぐ後ろに追いついてきた姉が聞きつける。

「だから音楽のことはしばらく忘れなってば。クリスマスならまだそれでもゆるされるけど、今回はホワイトデーなんだから」

「でもこの値段見るとどうしてもコスパ良いのかって気になっちゃって。同じ値段で楽器用品とかレコードとか楽譜とか」

「あのね、いくらあんたが音楽バカでも、夕食時にお椀にギターのピック山盛りにされてどうぞ食べなさいって言われたらどう思う？」

「……はい、ごめんなさい……」

僕はしゅんとなった。

「で、四人いるわけだけど、差はつけるの？」

「え？」

「本命の娘にだけ特別なやつを買ってくのかってこと」

「ないない。そもそも本命とかないって。向こうも、義理――っていうか、ううん、なんだろ、友チョコみたいな感覚だし。僕たぶん男として意識されてないし」

姉は目を剝いて僕の顔を凝視してきた。なんだ、また怒らせるようなこと言ったか？

やがて姉は深々とため息をついてつぶやいた。

「……なんか心底かわいそうになってきたよ」

「なんで？　義理でも友チョコでも、もらえたんだし、僕はじゅうぶんうれしいからそんな同情されるような――」

「あんたじゃなくて」

「はあ」

姉の表情がほんとに冷ややかだったので、もっと詳しく聞きたいような、深掘りするのが怖いような。

「まあいいや。なるべく高いやつをがっつり買わせてやるからそのつもりでね。四人にみんな同じものを贈る、でいい？」

「……うん」

「ふうん。だとすると」

姉は利用客でごった返す通路の真ん中でしばし立ち止まり、売り場全体をぐるりと見渡す。

やがてつぶやいた。

「エルメかな」

連れていかれた売り場は、《ピエール・エルメ・パリ》。ガラスケースの中に小さな平べったい円形のカラフルなお菓子がまるでコインみたいにずらっと並べられていた。

「……マカロン？」

「自分じゃなかなか買わないお菓子だからね」

たしかに、コンビニとかではまず見かけない。高級感ありまくりだ。

三個入りのものを四箱。これでもかなりの出費だったけれど、「マカロンきらいな女の子はいないからね！」という姉の力強いお言葉をいただいた。みんなが確実に喜んでくれるならよしとしよう。

帰りの電車内で、僕が提げた紙袋を見るたびに姉が噴き出しそうになるのが気になった。なにが面白いんだ？　高級菓子なんて買ってるのが似合わないってことか？

＊

翌朝、授業が始まる前に、隣の一年六組にカントリーマアムを持っていった。

「これ……あの、ほら、もらったんで、一応お返しというか」

大騒ぎになった。

「えっ村瀬君が？　これ？　全員？」

「もらっていいの？」

「大丈夫なの怒られたりしない？」

「うわあ一生食べないで大事にするね！」いや食べろよ。腐るぞ。

「あんなんでもあげてよかったね」

「来年はもっとちゃんとしたのにするからね！」

いやそれは——お返しもつらくなるので今年のくらいでじゅうぶんというか——

八組にも同じように持っていくと騒ぎはさらに拡大した。どこでどう話がねじ曲がったのかわからないが、ホワイトデーのお返しだという点がすっぽり抜け落ち、僕が女子にお菓子を配りまくっているというところだけが拡散され、なぜか二、三年生の先輩たちまでもが大挙して一年生の教室にまでやってきた。

「村瀬君にクッキーもらえるんだって？」

「先着順？」

「一人何個まで？」

「サインとか入れてもらえるのっ？」

なんでそんな話にまで発展しているのかさっぱりわからなかったが、混迷した事態を始業のチャイムがぶった切ってくれた。助かった。

昼休みになり、購買でパンを買い込んでから音楽準備室に赴くと、凛子も詩月も朱音もすでに来ていた。

「村瀬くん、朝からなんだか大活躍だったんだって」

「真琴さんっ、たいへんだったみたいですね、お昼はのんびり食べましょう」

「真琴ちゃんもお茶いる？　ミルクティー？」

三人ともなんだかうきうきそわそわしているように見える。小森先生はいないけれど勝手に湯沸かしポットを使ったらしく、机には人数分のカップが並び、紅茶の良い香りが漂っていた。

あれ、と僕は思う。いつもなら僕が準備室に到着したときには三人ともお昼を食べ始めているのに、今日はだれも弁当を広げていないのだ。

「お昼は？　食べないの」

訊いてみると三人は照れくさそうに顔を見合わせた。

「早弁しちゃった！」

「今日は少なめに作ってもらったんです」

「どこからかデザートが現れる予感がしたので」

ん？　ああ——なるほど。そういうことか。

こんなにも楽しみにされているとちょっと緊張してくる。気に入ってもらえるだろうか。鞄から紙袋をおそるおそる取り出す。

三人の顔つきが一変した。

「……エルメ」

「ピエール・エルメですか真琴さんっ？」

「えっ、エルメのマカロンっ？」

僕はぎょっとする。なにかまずかったのか？

「ていうかなんでマカロンってわかるの」袋から出してもいないのに。

「エルメっていったらマカロンでしょう。エルメのこと知らずに買ってきたの？」

「あ、そうなの？　マカロンで有名な店だったのか」

姉に選んでもらったから、と言おうとして僕は言葉を呑み込む。自分で選んだことにしといた方が喜ばれるよ、と当の姉からごもっともな忠告を受けているのだ。

「なんとなく、美味しそうだったから」

「えっえっほんとにマカロン？　三人ともマカロンなの？」

朱音が目を輝かせて興奮気味に腰を浮かせる。そんなにマカロン好きだったのか。

「うん。みんないっしょのやつでごめんなんだけど」

「真琴さんのマカロン……つまりマコロン……」

詩月は陶然として意味不明なことを口走っている。

「マカロンは予想していなかった。ちょっと心の準備をさせて」

凛子まで頬が少し火照っている。僕としても予想外の反応だった。マカロン嫌いな女の子なんていない、という姉の言葉を聞いたときには半信半疑だったけれど。

「ねえねえ開けていいっ？　食べてもいいかなっ？」

「う、うん。どうぞ」

ていうか最初からそのつもりだったんだろ？　お茶まで用意して。

示し合わせたように三人同時に包装を解き、箱を開く。凛子はまぶしげに目を細め、詩月は法悦の表情、朱音なんて幼稚園児みたいに両脚をばたつかせている。最初の一口のタイミングまで三人いっしょだった。凛子は長い長い咀嚼の後で目を閉じて深く感じ入った息をつき、詩月は口元を押さえて涙をこぼし、朱音は僕が肩をつかまなきゃそのまま部屋の中を走り回りそうな興奮ぶりだった。

「……真琴さん、私この日を一生忘れません……」

大げさすぎないっ？　ただのお菓子だよ？

「三個入りで助かった。もっとあったら感動で窒息していたかも」

凛子も震え気味の声でそうつぶやいてお茶で唇を湿らせる。

「はあ、こんなに幸せでいいのかな。一気に全部食べちゃったけど三日に分けて食べればよかったかも」

朱音は空箱を愛おしげになでて蓋を閉めた。

さすがにちょっと怖くなってきた。

「……いや、あの、喜んでくれたのはなによりなんだけど、こんなものすごい反応されると思ってなくて、ちょっとびっくりして……」

「でしょうね」急に平静に戻った凛子が言う。「この感動を正確に村瀬くんへ伝えたくてだいぶオーバーアクションしたから」

「えっ？　え、えと、じゃあ、嘘なの？」

「嘘じゃないってば。ほんとにうれしかったんだよ！」と朱音は僕の二の腕にぐりぐり拳を押しつけてくる。「でもうれしすぎてちょっと演技したよね」

「自己陶酔が思いのほか気持ちよくて……」と詩月も照れ笑いする。「嘘泣きですよ。大丈夫です、冷静ですから。マカロンさんにいただいた真琴は落ち着いて味わいますね」

「逆になってるよ！」ほんとに落ち着いてんの？

ティーカップを傾けながら、三人はしみじみ言い合う。

「まさかマカロンとは思わなかった」

「マカロンをまったく期待していなかったといえば嘘になりますけれど……」

「しかも三人ともマカロンだよ。はぁびっくりした」

今日一日で一生分の『マカロン』を聞いた気がする。食べてもいないのにおなかいっぱいの気分だった。

と、僕が鞄にしまおうとしたピエール・エルメの紙袋に朱音が目ざとく勘づく。

「伽耶ちゃんにもマカロン？」

「あ……うん」

僕は紙袋の底に残った最後の一箱を見下ろしてうなずく。

それからなんだか気まずさをおぼえて手早く袋を鞄に押し込んだ。

「放課後、伽耶の学校まで渡しにいこうと思って。ほんとは今日スタジオ練習入れてあったらよかったんだけど空いてなかったから」

説明しながら、なんだか三人に言い訳しているみたいだな、とふと思った。

言い訳？　一体なんの？　伽耶の学校まで届けにいくってのはほんとうだし。

そこで三人とも、説明しようのない表情を浮かべた。笑っているようにもあきれているようにも困っているようにも見えて、そのどれでもない顔だ。

「ふうん。伽耶には直接届ける、と」

「不利が有利に働くこともあるんですね。盲点でした」

「べつのスタジオ借りるとかで無理矢理にでも練習入れとけばよかったね」

んんん？　どういうこと？

しばし考えてから思い至る。みんなも伽耶に逢いにいきたいのか。あれだけ可愛がってたもんな。

「……みんなでいっしょに行く？」

申し出てみると、先ほどの曰く言いがたい表情が『いらだち』と『困惑』の方向に五ミリずつくらいシフトした。なんで？　ひょっとすると僕も同じような顔をしていたかもしれない。

意味がわからない。

やがて凛子が、よくやる芝居がかったため息の後で、低い声で言った。

「あのね、村瀬くん。わたしたちは伽耶のことが大好きなの」

「……うん？　……うん」

重々承知してますが。

「だから伽耶とはあらゆる面で対等な友達になりたい。でも伽耶とは知り合って半年もたっていない。学校もちがう。伽耶だけ周回遅れ」

「遅れ――って、なにが」

「伽耶さんだけハンデが重たいということです」

「今回は伽耶ちゃんにサービスするから真琴ちゃんひとりで行ってきて。先輩としての余裕見せとかないとね！」

「なんのことかさっぱりわからんから説明してよ！」

「村瀬くんにわかるように説明するのはさすがにサービスのしすぎでこっちがハンデを負ってしまうのでだめ」

「なんなのほんとにもうっ」

　そこでドアが開き、小森先生が入ってきた。

「ごめんごめんちょっと仕事長引いて！　もうみんなご飯食べちゃった？　お、お、お？　なんかいいの食べてる！」

　机に置かれたマカロンの箱を見つけて先生は目を輝かせる。

「これ村瀬君のホワイトデー？　エルメなんて、やるぅ。やっぱりわたしもチョコあげとけばよかったかなあ」

「絶対にだめです。犯罪です。先生は大人の恋をしててください」

「音大で指揮科なんてもう出逢いゼロだから！　ただでさえ男女比とんでもないし、モテる学科とそうでないのがはっきりしててね、あ、話長くなるからわたしもお茶ほしい、そんで男の子はフツメンでも演奏の腕がよければそりゃもう――」

そこから小森先生の語る音大の恋愛事情、聞くも涙のバレンタインデーやホワイトデーの体験談に話題が移ってしまい、僕の疑問はうやむやのままに終わった。

＊

伽耶の通う中高一貫校は、表参道の一等地にあった。

校門の外からざっと眺めるだけでもわかる、余裕たっぷりの敷地に瀟洒な造りの校舎。門を抜けて歩道に出てくるシックな制服姿の生徒たちはみんなどこかしら華やいだ空気の持ち主で、ファッショナブルきわまりない街の雰囲気にしっくりなじんで見える。

車道を挟んで校門を望むカフェで、伽耶と待ち合わせた。

「先輩、遅くなってごめんなさいっ」

陽がだいぶ傾きかけた頃になって、濃い色合いのセーラー服姿が店に駆け込んでくる。伽耶だった。僕を見つけてまっすぐに寄ってくると、ぴょこんと頭を下げ、テーブルの向かい側の席に座った。

「補習が長引いちゃって……学年末テストの理科と公民がぼろぼろだったので」

「え、補習？　学年末テスト？　もう受験も終わってるのに？」

「中高一貫ですから。よそに行くのはわたしだけで、他のみんなはそのまま持ち上がりです」

「ああ、そうか……。あれ？　でもそれなら伽耶は受けなくても」

「よそ行くからってさぼるのも感じ悪いじゃないですか。それにどっちみち高校の範囲の勉強ですから無駄にはならないですし」

　まばゆいばかりの前向きな考え方だった。

「高校入るの今から楽しみで楽しみでしかたないです。制服ももう買ってあるんです！　着てみましたけどどうですか」

　伽耶は身を乗り出してスマホの画面を見せてくる。

　うちの高校の制服姿の自撮りだ。見慣れた服装と見慣れた顔の組み合わせなのに、なんだか新鮮だった。

「うちの学校、制服だけはデザイン良いから気に入ってて。これで最後だって思うと少しさみしいですけど。でも高校のもすごくかわいいですよね！」

　そこでふと僕は思い至って訊いた。

「卒業式ってもう済ませたの？　中学はたしか今くらいの時期だったような」

　伽耶の笑顔が曇る。

「……中学は、卒業式ないんです。中高一貫だから。修了式だけです。通知表もらって春休みの注意点とか聞いておしまいです」

スマホの電源を落としてバッグにしまい込む。

「あっ……そうか、……ごめん」

「いえ。いいんです」

さばけた笑みを無理につくってみせる伽耶。

「とくになんの思い入れもない学校ですから。友達もいないし」

店員がやってきたので、伽耶はアイスティーを注文した。気まずくなりかけていた空気が良い感じにリセットされたので、僕は鞄から紙袋を取り出す。

「これ、チョコのお返しで……」

表情をうかがいながら箱を差し出す。伽耶は目を丸くした。

「えっ、エルメ？　マカロンですかっ？」

ピエール・エルメのマカロンは女子の基礎教養かなにかなんだろうか。

「い、い、いいんですか、わたしなんかがマカロンを」

「わたしなんかが、って、なにその言い方……」

「でもでも、凛子先輩や詩月先輩や朱音先輩が気にしませんか、わたしがマカロンをもらってしまったら」

「なんで？　先輩後輩関係ないだろ。ていうかみんなマカロンだよ」

「みんな――」

伽耶の頰がぽうっと朱色に染まった。

「そっ、そうですよね。……村瀬先輩ですもんね。すみませんでした、あの、なんだか、早とちりしてしまって」

どういう早とちりなんだよ？　今日はなんか全員様子が変だな。マカロンにそういう成分でも入ってるんだろうか。

伽耶はマカロンの入った小さな箱をぎゅうっと胸に押しつけるように抱いてつぶやいた。

「ありがとうございます。ほんとにうれしいです」

その後、スタジオ練習のスケジュールについていくつか話し、用件も済んだので席を立った。お勘定を済ませて店を出ようとしたところで伽耶がいきなり気を張った声で言う。

「あっ、あのっ、先輩っ、……今日は、……もう帰りますよね。五時過ぎだし……」

「……なんかあるならつきあうけど」

「えっ、いえ、でも、これからだと夕食時になっちゃいますし」

「今日うち両親ともいないんだよ。ホワイトデーだから二人で外食」

伽耶は大きく目を見開く。それから息を詰め、腰を浮かせ、ぐっと唾を飲み込んだ後で意気込んで言った。

「じゃ、じゃあっ、また我が家にいらっしゃいませんかっ？」

渋谷区松濤にある志賀崎邸には二度目の訪問となった。

「うちも今日、母も父も仕事で出かけてるんです」

向かう道中、伽耶がそんなことを言うのでびっくりする。

あの強烈な吸引力の持ち主である志賀崎京平との再会がないというのは、ほっとする面もあり、少々残念な面もあり。

「え、ちょ、ちょっと待って、じゃあ伽耶ひとり？」

女の子の家で二人きりになるの？　それはさすがに、いいのか？　と不安になっていると伽耶があわてて言った。

「あ、あの、姉が来てくれてるんです。今日は料理を教わる日なので。それで、どうせならだれかに試食してもらいたいなって思って」

「伽耶の、お姉さん――っていうと……」

伽耶の父親、志賀崎京平は『歌謡界のプリンス』の異名を持ち、若い頃は甘いマスクのたいへんな美丈夫で、多くの著名人女性と浮名を流してきた。現在の妻は三人目。伽耶には母親のちがう兄が二人、姉が一人いる。

「志賀崎――じゃないか、瀧田瑠璃子、だよね？　女優の」

「はい。最近はもうすっかり料理研究家ですけど」

志賀崎瑠璃子というと僕の中では今でも連ドラのヒロインのイメージだけれど、伽耶の話によると、結婚して瀧田姓に変わってからはテレビドラマ出演をだいぶ減らし、演技の仕事は映画にシフト。最近ではテレビ出演のほとんどがバラエティか料理番組だという。埼玉ローカルで冠番組もひとつ持っているとか。

「月に一回くらいうちに来てご飯つくってくれるんです。ほんとにもうすっごく美味しくて。頼んだら料理も教えてくれるようになったんです。わたしの憧れの人です」

伽耶の言い方は、姉に対しての言葉にはまるで聞こえなかった。歳も離れているし、母親もちがうし、同じ家で暮らしていた期間もほとんどないから姉妹という感覚が薄いのだろう。

「えっと、僕邪魔じゃない？　お姉さんも迷惑なんじゃ」

「全然そんなことないですよ！　瑠璃子さんも先輩に逢いたがってました」

逢いたがってた？　さすがにそれはないだろう。僕のことなんて話してるの？

そうこうしているうちに高級住宅街に入り、坂の途中にある大邸宅に着いた。

「ただいま帰りました」

玄関をくぐった伽耶は奥に向かって大声で言い、僕を中に招き入れる。

広い厨房に、濃いベージュのエプロンを着けた背の高い女性の姿があった。

「伽耶ちゃんお帰りなさい」と彼女はこちらを振り返る。「味醂どこにあるかわかる？　しばらく来てなかったから忘れちゃって。勝手に引っかき回したら蘭子さんに怒られそう」

　そこで彼女は伽耶の背後に控える僕に気づく。

　これまでにも芸能の世界で生きる華やかな女性たちとたくさん対面してきた僕だけれど、彼女はその中でもとびっきりだった。腕まくりした長袖シャツにデニムにシンプルなエプロンという果てしなく家庭的な装いなのに、周囲の者すべての視線と興味を根こそぎ奪っていくかのような凶暴なまでの魅力をあふれさせていた。例によって歳はよくわからない。三十代半ば、だろうか。伽耶の母親である黛蘭子とそう変わらないくらいに見えるけれど、そもそもあの人からして年齢のわりに若々しすぎたし。

「あっ、彼氏君？　連れてきたんだ？　そうかそうだよねホワイトデーだもんね？」

　瀧田瑠璃子はぱあっと破顔して僕のそばまで寄ってくる。

「はじめまして！　もうねえお父さんも蘭子さんも彼氏君の話ばっかりしててね、私も逢いたくて。ラッキーだった。ゆっくりしてってね、ご飯食べてくんでしょ？」

「え、あ、は、はい」

　初対面からいきなりぐいぐい来られたので、彼氏ではないと訂正する余裕もなかった。

「姉の、瑠璃子さんです」と伽耶が照れながら紹介する。「バンドリーダーの村瀬真琴さん。春からは高校の先輩になります」

「そうだそうだ伽耶ちゃん高校受かったんだっけ！　おめでとう、お祝い今度でいい？」

「あ、はい、ありがとうございます」

「じゃあええと彼氏君、ちょっと座って待っててくれる？　三十分くらいでできるから」

彼氏君、という言葉が瑠璃子さんの口から出てくるたびに伽耶は紅くなってもじもじしていた。僕に身を寄せてきて耳打ちする。

「すみません、先輩。あの、それじゃ、わたしもご飯作るので。すぐお茶持ってきますからテーブルで待っててください」

「あ、う、うん」

瑠璃子さんのテンションに圧されっぱなしだったので、ダイニングテーブルでひとりだけになれたのは助かった。息をつく余裕ができた。

カウンターの向こう、厨房で忙しく動き回る姉妹を眺める。

あまり似ていない。母親がちがうせいもあるのだろう。二人とも、父親である志賀崎京平の面影があるのだけれど、伽耶は父親の甘さを、瑠璃子さんは凛々しさをそれぞれ受け継いだようだ。血のつながりって不思議なものだ。

三十分後、テーブルに料理が並べられる。今日はお手伝いさんがいないらしく、皿を運ぶのも伽耶と瑠璃子さんの二人だった。意外というかなんというか純和食だ。鶏肉と根菜の煮物、菜の花のおひたし、筍の炊き込みご飯、粕汁、鰆の塩焼き。

食べる前に瑠璃子さんがスマホで食卓全体を撮影する。

「半分は伽耶ちゃんが作ったってインスタに書いちゃっていいかな？」

「あ、はい、大丈夫です」

伽耶は答えながら桃色のエプロンをはずし、僕の隣の席に座る。

瑠璃子さんはテーブルを挟んで反対側。いつぞやの、伽耶のご両親との四者面談と同じ配置だったので妙に緊張する。

しかし食事が始まるとそんな緊張もきれいさっぱり消えてしまった。むちゃくちゃ美味しかったからだ。

「すごいですね……こんなに美味しくできるもんなんですね……」

見た目がごく普通の家庭料理だったので、思わず正直な感嘆が漏れる。

「だって！　よかったね伽耶ちゃん」

「いえ、わたしは手伝っただけで――」

「そんなことないよ。ほんと上達してるって。次はひとりで彼氏君に作ってあげたら」

このタイミングで訂正しておかねば、と僕は咳払いしてお椀と箸を置いた。

「あのですね、彼氏では――ないんです……」

なんだか尻すぼみな語調になってしまった。隣で伽耶は恥ずかしそうに首をすくめ、瑠璃子さんは目を丸くした。

「あれ？　でもお父さんの話だと……」

　僕と伽耶を何度も何度も見比べる。

「なんかうちの家族になるのも時間の問題みたいな口ぶりだったけど」

「いや全然そんな話はないです」

　京平さん、なにを吹聴して回ってるんですか。あなたの愛娘の名誉にかかわることですよ？

「あ、ひょっとして仕事の話のつもりだったのかな？　志賀崎ファミリーっていう。事務所の所属をそう呼んだりするし。うちの事務所入るんでしょ？」

「いやそういう話もないです」

「あれ。お父さんずいぶん話盛ったんだね。まあそういう人だからね昔から」

　瑠璃子さんの笑い声は、こんな困った話の流れにもかかわらずたいへん心地よかった。

　そこで隣の伽耶がおずおずと言う。

「でも、先輩、バンドのマネージャー探してるんですよね？」

「え？　あ、うん。だれかから聞いた？」

「朱音先輩がそんな話を」

　朱音にはずいぶん心配かけちゃったな。早くなんとかしないと。

「うちの事務所に所属するのも、ひとつの手だと思うんですけど……」

上目遣いで遠慮がちに伽耶は言う。僕は目をしばたたいた。

「……お父さんのコネはもういやだ、みたいなこと言ってなかったっけ」

伽耶はかあっと赤くなった。

「それはっ、……だから、使えるものはなんでも使えって言ったの先輩じゃないですか！」

そうだけども。

瑠璃子さんが微笑んで僕らを眺めながら言う。

「うちの事務所けっこう悪くないと思うけど。白石さんなんて私のマネになってほしいくらい有能だし。でもね、どうしても志賀崎一派のメンバーっていう色がついちゃう。お父さんがあの通り強烈なキャラクターだから。それが足枷にならないとも言い切れないし、よく考えた方がいいよ」

入ってくれたらうれしいけどね、と蠱惑的な笑みで付け加えるので、心がぐらりと動いたのは否定できない。

「わたしの他の仕事との調整にも便利だと思うんです」

伽耶も僕の顔色をうかがいながら言う。

しかし、芸能事務所に所属、か。

なんかもう他人の人生みたいにしか思えない。ちっともリアリティがない。

朱音が、凛子や詩月が、伽耶と同じ事務所に所属し、芸能活動しているところは容易に想像できる。みんな同じ制服を着て、学校帰りにそのままスタジオに向かい、撮影をしたりインタビューを受けたりプロデューサーとレコード会社のスタッフをまじえて打ち合わせをしたり。でもそこに僕を持ち込もうとするとうまくいかない。幻想の分厚く透きとおった膜が僕と夢の世界とを厳しく隔てている。

黙りこくってしまった僕を見て、瑠璃子さんはことさら明るい声で言った。

「ごめんごめん、食事時にするような話じゃなかったね！　もうちょっと楽しい話題にしよう。バレンタインのチョコはどうだった？」

「……あ、はい。すごく美味しかったです。そういえば教わって作ったって」

「そうそう。どうしてもって伽耶ちゃんに頼まれてね。料理と製菓って全然別物だから私も大したもの作れないんだけど、絶対勝負かけるからって言われて」

「瑠璃子さんッ」

伽耶が顔を紅潮させて立ち上がった。両手をぱたぱたと泳がせ、僕に向き直って上ずった声で説明する。

「あのっ、先輩たちと、どれくらいすごいチョコ用意できるかって競争してて、それで負けたくないなって、そういう勝負なので、あのっ」

「ああ、うん、そういえば品評会みたいなことしてたっけ」

「勝てた？」と瑠璃子さんはあからさまに面白がっている口調で訊ねる。「やっぱりハート型にしておいた方がよかった？　フランボワーズとか使って」

「うう、そ、それは、あの、先輩が喜んでくれたならそれで……」

消え入りそうな声で伽耶はつぶやく。

そこから必然的に話題はホワイトデーに及び、瑠璃子さんも僕のお返しがマカロンと聞いて大興奮するのだった。

「そっかあ。マカロンかあ。おまけに家に来てもらって。私も手伝った甲斐があったなあ」

「……はい。それはもう、ほんとうに。ありがとうございます」

伽耶はまだ顔を赤らめてうつむきながらも言った。

夕食を食べ終えると瑠璃子さんは立ち上がった。

「じゃ、私そろそろ帰るね」

「え、もうですか」

伽耶はしょんぼりした顔をみせる。

「長居したらお邪魔だし。明日は長野で収録だから朝早いんだよね。帰って支度しないと」

瑠璃子さんはちらと僕に視線を走らせた。

「彼氏君、デザートも冷蔵庫にあるから、もうちょっとゆっくりしてってね。あと洗い物は手伝ってあげて」

「あ、はい。……今日はありがとうございました」

玄関口まで瑠璃子さんを見送る。

ドアが閉じると、季節がいきなり二週間分くらい冬に後戻りしたみたいな空気になる。廊下を通って居間に戻る間、邸内がやけにだだっ広く感じられた。

けっきょく最後まで彼氏君て呼ばれ続けてしまった……。

「あ、じゃあ、テーブル片付けようか」

下げた食器を食洗機に入れた後で、冷蔵庫にあったケーキをテーブルに出す。伽耶がコーヒーを淹れてくれた。

「今日はごちそうさま。ほんと、すごく美味しかった」

「い、いえっ、わたしの方こそ、無理に誘っちゃって」

なんだか会話がぎこちなかった。よく考えてみたら女の子の家に二人きりだ。いいのか？　ご両親とも仕事で帰ってこないとか言っていたし。

「……あの」

「――あのっ」

喋り出しもかぶってしまって僕らは二人で恐縮する。なにやってんだろう。

「どうぞ」

「あっ、先輩からどうぞ」

「……いや、うん、……事務所のことなんだけど」

伽耶はぴくっと身を固くした。

「考えてくれてたのはうれしいんだけど、やっぱり芸能事務所はちがうかな、って。僕らまだ高校生だし、好き勝手やらせてくれて面倒だけ見てくれる人を個人レベルで見つけた方がいいのかなって思う」

「……そう――ですか。……そうですよね。わたしもそろそろ……白石さんに今後のことを相談しないと。いつまでもパパの事務所にはいられないし、先輩たちといっしょに――」

「あ、それなんだけど。伽耶は変わらずに今の事務所にいた方がいいかなって思う」

僕の言葉に伽耶は大きく目を見開き、唇をわななかせた。

「ど、どうしてですか。……あっ、あの、わたしが正式メンバーじゃないから……？」

「あっ、ごめん、ちがうちがう」

伽耶の瞳に涙の予兆を見つけて僕はあわてて言う。

「また伽耶を仲間はずれにしようなんてことじゃないんだ、ほんとにごめん。ええと、つまり、なんでかっていうと」

言いたいことが自分でも整理できていなかったので、僕は一度言葉を切り、息をついてしばらく考える。

最初のきっかけから、順番に話すのがいちばんいいだろう。

「……映画、観たんだ。伽耶の出てるやつ」

「え」

濡れた大粒の瞳が驚きに揺れる。

「アマプラに出てたから、伽耶がどういう役で出てるのかなって思って。映画自体にはそんなに興味そそられなくて、伽耶の出てるシーンだけ確認しようかな、くらいだったんだけど。観てみたら、伽耶に全然気づけなくて。けっこうちょくちょく画面に出てたのに。あの、呪い殺されちゃうシーンでやっと気づいた」

「それは、……脇役ですし。呪いの怖さを出すためだけの役でしたから」

「うん。だから、すごいなって思って」

コーヒーを一口含み、舌のざらつきを洗い流して言葉を続ける。

「画面の中にいるのは、志賀崎伽耶じゃなくて、名前も出てこない死に役の女の子だった。完璧に。プロの女優なんだなって」

「そっ、そうですか？」

伽耶はまごついて、髪先をいじりながら視線をさまよわせた。音楽に関しては自信満々なくせに、演技の方は褒められ慣れていないようだった。

「先輩にそう言ってもらえると、うれしいですけど」

「それで思ったんだ。伽耶、演技の仕事はもうしたくないって言ってたけど、ほんとは、女優も続けたいんじゃないかなって」

伽耶は唇を引き結んで僕の顔を凝視してきた。

「さっきも瑠璃子さんが憧れの人だって言ってたし。演技の仕事自体がいやなんじゃなくて、お父さんのコネとかそういうもやもやしたのがわずらわしいってだけなら、無理にやめることもないと思う」

しばらく、伽耶は顔を伏せて黙り込んでしまった。

不安になるくらい長い沈黙だった。ひょっとしてまったく的外れなことを言って怒らせてしまったのだろうか。

「……先輩は……」

つぶやきがテーブルの上にぽとりと落ちる。

「どうしてそんなところまで見ててくれるくせに……」

「……え？」

伽耶はかぶりを振り、目を上げた。まだ瞳は水底で泳いでいる。

「……でも、音楽と演技と両方なんて、どっちも中途半端になっちゃいます。女優としてもまだ全然未熟なのに」

「ううん。でも、詩月なんてドラムスも華道もどっちも究める気満々だよ。まだ高校生にもなってないうちから、そんなに自分の可能性を決めつけなくても。いや、ほら、僕なんかは他になんの取り柄もないのがわかりきってるけど、伽耶は演技の才能もあるんだから、もったいないよ。もし女優の仕事も好きなら、今の事務所に世話になってた方がいいでしょ」

「そう――ですか」

伽耶の上目遣いからは、戸惑いの色がほとんど消えていた。

「そう、ですよね。……色んな可能性がありますよね。これから」

僕はほっとしてうなずいた。

まだ十代の真ん中なのだ。何色なのかもよくわからない未来が足下からどちらの方角へも続いている。

「ひょっとしたらっ、芸能関係なんて全然で、お嫁さんになってるかもしれませんよねっ？」

顔を赤らめた伽耶がいきなりそんなことを言い出すので僕は「は？」と声を漏らす。

「お嫁さんも才能あると思うんです！　先輩はどう思いますか、さっきわたしの料理食べましたよね？」

ぐいっと顔を近づけてそんなことを訊かれても返答に困る。

「えええ……？　いや、料理はすごく美味しかったけど。お嫁さんなんて仕事しながらだってできるだろ。嫁の方が料理しなきゃいけないわけでもないし。うちだって親父の方が料理うまいから台所全般は親父の担当だし」

「もしかして先輩も料理できるんですかっ？」

「う、うん。少しは。よく両親とも出かけるし」

どんどん迫ってくる伽耶からなるべく離れようと僕は椅子を引きつつ答える。

「それ以上うまくならないでくださいねっ！　わたしの方がこれからもっとうまくなるんですから！」

なんで張り合ってんの？　僕とそんな競争してどうなるんだよ？


帰宅は八時過ぎになってしまった。

食卓には宅配ピザの空箱が広げられ、ビールの空き缶が三本も並んでいた。

ほろ酔いの姉がにやにやしながら訊いてきたので、「うん、まあ、みんな喜んでくれたよ。ありがと」とだけ答えて追い払い、風呂場に向かった。

両親はまだ帰ってきていないようだった。あの二人、口実さえあればしこたま飲むからな。たまに終電逃すし。

シャワーを浴びると、自室に引っ込んだ。

椅子に腰を下ろした瞬間にものすごい疲労感が肩にのしかかってくる。

大したことはしていないのに——学校行ってカントリーマアム配ってマカロン渡して渋谷まで出かけて夕食をご馳走になっただけ——むちゃくちゃ疲れた。なんでだ。

みんな喜んでくれたのはいいけれど、マカロンに対する異様な反応が今になって気になってきた。なにかあるんだろうか？

ふと思い立ってPCを開き、「マカロン　ホワイトデー　意味」で検索してみた。

ヒットしたページのひとつを開いた僕は愕然とする。

『マカロンには、「あなたは特別な人」という意味があります』

変な声まであげそうになった。え、これほんとなの？　他の検索結果も見てみたけれどすべて同様の記述に突き当たった。全国的に広まっている見解のようだった。

ぐったりとベッドに身を横たえる。

そりゃみんな変な反応するわけだよ……。全員にマカロン……。

それから思い出して跳ね起きる。マカロン選んだの姉貴じゃねえか！　そういえば買わせた後もなんか笑ってたし、あいつ知ってて仕組みやがったなッ？

文句を言ってやろうと居間に戻ると、酔っ払った姉はソファにだらしなく身を沈めて寝息を立てていた。怒りのやり場もなかった。

Paradise NoiSe

Rinko Saejima

5　病めるときも健やかなるときも

［アイドルデビューするんだって？］

華園先生までそんなＬＩＮＥを送ってきた。

［しませんよ。朱音に聞いたんですか？］

［そう。男の子と女の子どっちの設定でデビューすんの］

［だからしませんって］

しばらくアイドルものののゲームのスタンプが連続して送られてきて、僕らのトークルームは薄気味悪い華やかさに満たされた。

［でもそろそろ事務所とか考えなきゃいけないでしょ］

［色んな人に話を聞いてるんですけど決まらなくて］

［お金がからんでくるから下手なやつには頼めないね］

そうなんだよなあ、と思う。個人に頼むとなったらそうとう信頼できる人を選ばなければいけない。

［ずっと寝っ転がってＬＩＮＥしてるだけでいいならあたしがやるよ］

［お元気そうでよかったですよ！］

こっちもよくわからないスタンプ連打を返してやる。

先生はさっさと話題を変えてしまった。

［そういえば音楽祭のカンタータの方は聴かせてもらえないの］

［ばたばたしてて忘れてました　すみません］

音楽祭で僕らが演った曲のうち、『中期ルネサンスの主題による二十六の変奏曲』はPNOのチャンネルにアップロードできたので華園先生にもすぐに聴いてもらえた。しかしバッハのカンタータはそうはいかない。うちの生徒が大勢映っているので動画サイトにあげるにはプライヴァシの問題がありすぎるのだ。

［クラウドにあげときます　音声だけでいいですよね］

［映像も見たい　ムサオがオケも合唱もかっこよくリードしてるとこ見たい］

僕はため息をついた。動画となると編集とエンコードが面倒なのだけれど、それくらいのわがままは聞いてやるか。

なんといっても――音楽祭でのバッハのカンタータは、華園先生の企画だったのだから。

［音楽祭の動画まるごと送ってくれていいのに］

［容量とんでもないですよ　ギガ消し飛びますよ］

［うちの個室はＬＡＮ通ってるから平気］

そうだったのか。そういや動画サイトにアップロードとか気軽にやってたもんな。

いや、でも。無編集で見せるわけにはいかない。僕が客席からあまりお行儀のよろしくない歓声を浴びせられているシーンが長々とあるのだ。あそこを見せたら絶対にからかわれる。

［音質もなるべく良くしたいから編集させてください］と半分嘘を書く。

［早く見たい　ルネ変があんだけ最高だったんだからバッハもきっとすごいんだろね］

ハードルを上げられてしまった。

あの日のルネサンス変奏曲は様々な要因が噛み合って仕上がった、よく言えば一世一代の、悪く言えばまぐれの快演だったのだ。バッハの方は——まあ、なんとか及第点といったところだ。あまり期待されると困る。

［今日中にあげときます］

はしゃぎ回るハリネズミのスタンプが返ってきて、やりとりは一区切り。

僕はため息をついてスマホを置き、ノートPCに向かう。

エンコード作業を進めながら、華園先生のことを考える。

今回も、訊けなかった。身体の具合はどうなのか——と。

訊いていいことなのかわからないし、たとえ許されたとして、悪い答えを聞かされるのが怖い。かといってなにも知らないままでクリスマスイヴのときのように他人の口からいきなり手術だと報されるのも心が痛い。

オンラインのやりとりだけでは、なにもわからない。

あの人はいくらでも優しい嘘で僕をだませるのだ。

＊

三月中旬、柿崎さんからも久々にメールが来た。僕らがさんざん世話になっている、イベント企画運営会社ネイキッドエッグの人だ。

『お忙しいところ恐縮です。来月以降の弊社企画によるイベントざっくり一覧をお送りしますのでご出演をご検討願えればと――』

かつてに比べて文面がどんどん遠慮がちになっていくのを見ると、複雑な気持ちになる。最初の依頼は「ぜひ出演していただきたい」だったのが、今じゃ「ご検討願えれば」だ。

ＰＮＯを最初に推してくれた恩があるから、なるべく期待に応えて出演したいけれど、こちらも学校があるからそうそう都合がつけられない。向こうがなにからなにまで用意したフォーマットで演るので窮屈さも多少は感じる。あと、柿崎さんに罪はないけれど、あの会社の玉村社長は悪い意味で調子が良い（変な表現だが）のでつきあいを続けるのが怖い。

柿崎さんだけなら。

僕らの事情も汲んでくれるし、バイタリティあるし、細かい気配りもある。

あれ？

あの人、実はマネージャーとして適任なのでは？　と思い至る。

仕事できる。音楽業界にも詳しいしまあまあ顔も利く。礼儀もちゃんとしてる。

いやあ、でもなあ。

あの人はまず株式会社ネイキッドエッグの社員なのだ。イベンターという本職がある。その上で僕らの面倒を見るなんて話になったら、会社ぐるみで関わらざるを得なくなるぞ。それはいやだ。玉村社長とは距離を置きたい。

かといって会社をやめてもらうわけにもいかない。そこまで勝手を言う筋合いはないし、だいたい大人一人が生業にできるくらいの給料なんて払えないのだ。学業の合間にやっているバンド活動だからマネジメントっていったってそんなに仕事量もないだろうし。

それに、柿崎さんが完全に信頼できる人間かというと――これだけ世話になっていてまことに失礼ではあるけれど――きっぱり言い切れないところもある。僕はあの人のことを全然知らない。たとえば今すぐ音信不通になったとして、僕にはどうしようもないのだ。

僕は柿崎さん案をあきらめて棄てた。

けっきょくのところ僕の望む条件が都合良すぎるのだ。見つかるわけがない。

奇蹟の出逢いを求めて足を棒にして歩き回るくらいなら、めんどくさいめんどくさいとぼやきつつも自分でやった方がいいのではないだろうか。

とりあえず次のライヴだ。伽耶を含めての五人ではまだ一度も演っていない。五人でしかできないアレンジやアイディアがたっぷりたまっている。受験も無事乗り越えたことだし、早く企画しなければ。

企画……。

スケジュール調整、会場予約。

告知、チケット販売……。

あああああああ。

僕はベッドに昏倒した。

めんどくささが渦を巻いて脳髄に食い込んでくる。

もういやだ。指一本動かしたくない。

これまで意識していなかったけれど、僕たぶんかなりの社会不適合者だ。やらなければいけないことを粛々とやる、というのがとてつもなく苦痛なのだ。

まずい。まずいぞ。動け。起き上がれ。寝てたらPNOは今後永遠にライヴができないしメンバーたちもあきれて離れていくし僕は無能で孤独なまま老いさらばえて死んでシーツの染みになってしまう。

とんでもない妄想にまで沈みかけた自分を、ベッドから腕を突っ張って引き剝がす。

PCの前に戻った。

まず、柿崎さんに「検討します」と返信。それからスタジオ『ムーン・エコー』のサイトにアクセスする。とりあえず五人での練習を入れよう。音を合わせれば雑用をやる気も出てくるだろう。

ところがウェブ予約ページを見ると、いつも使っている地下の広いスタジオが再来週まですべて予約不可になっていた。

『改装工事のため』

そんな注意書きも出ている。改装？　あそこのスタジオはけっこう新しいしきれいだから必要ない気がするけれど……。

予約できるのは六畳、八畳、十畳といった狭い部屋ばかり。五人となるとかなりきついな。

しかたなくいちばんましな十畳の部屋をおさえ、バンドメンバーに連絡を回した。

それからＬＩＮＥの華園先生とのトークルームを確認する。

頼まれた音楽祭のカンタータ動画をクラウドにアップしてシェアしたのが二日前のこと。

既読すらついていないのだ。どうしたんだろう。

忙しいのだろうか。たとえば、なにか時間のかかる検査とか、リハビリとか。

あるいは――また特別病棟に移されたとか……？

肋骨の内側がぎりっと痛んだ。

首を振って悪い想像を払い落とす。

二日既読がつかないくらいで、うろたえるな。考えたってしょうがない。スマホを伏せてベッドに戻る。

＊

翌日夕方、新宿の『ムーン・エコー』に行ってみると、たしかに工事の業者がロビーに忙しそうに出入りしていた。作業音もかすかに聞こえてくる。

「エレベーターとライヴスペースを改装してんだけどね」

カウンターにいた黒川さんが教えてくれた。

「作業中のとこに客がいたら危ないから地下スタジオも全部閉めてんの」

「そうだったんですか。いつ頃終わるんですか」

「来週」

しかたない。それまでは十畳のCスタジオで我慢しよう。

「そうだ、あんたら再来週の木曜日はひま？　ライヴスペース改装したら、紹介動画を撮ろうと思ってるんだけど」

黒川さんがぐっとカウンターから身を乗り出してくる。

「どうせなら演奏してるとこも撮りたいし。あんたらなら良い宣伝になる。ギャラも出すよ」

「……その日からもう春休みに入ってますね」

スマホで予定を確認した詩月が言う。

「じゃあ時間たっぷりあるね。やりたいやりたい」

朱音が言って、それからふと口を押さえて伽耶の方を見る。

「伽耶ちゃんは？　予定あうかな」

「あ、わたしはその日が修了式です。午前中で終わるので午後からなら大丈夫です」

「そっか、やった！　じゃあやろうやろう、みんないいよね？」

僕も凛子も顔を見合わせてうなずいた。

そこで詩月が心配そうな顔で言う。

「あの、伽耶さん、そういえば卒業式などはどうなっているんですか？　卒業の後で修了式まであるんですか」

「あ……それば、ええと」

伽耶は言い淀んで目を伏せる。

そうか、僕はこの間説明されたけどみんなはまだ知らなかったか。

言いづらそうな伽耶に代わって説明する。中高一貫なので中学の卒業式はなく、普通に三学期の終わりまで授業をやって修了式でおしまいだ、と。

「ええっ卒業式やらないのっ？」

だれよりも強い反応を示したのは朱音だった。

「さみしすぎるよ！　あたし中学の卒業式行かなかったけどほんと後悔してるもん」

ますます気まずそうになる伽耶だった。

「でも、とくに良い思い出もない学校なので……べつになくても……」

「あたしもそうだった、なんせずっと不登校だったから！　でもちゃんと終われないとちゃんと始められないっていうか、ううん、なんだろ、とにかく卒業式無しはさみしいよ」

うまく言語化できていないにもかかわらず——いや、できていないからこそ、朱音の訴えにはたしかな説得力があった。

「じゃあわたしたちでやりましょう」

凛子がいきなり言う。

「修了式の日、伽耶を学校まで迎えにいって、胴上げでもして、それから『ムーン・エコー』に来る。ライヴスペース貸してもらえるのだからちょうどいい。伽耶のために卒業っぽい曲をたっぷり演りまくる」

「素敵です！　伽耶さんの卒業公演ですね！」

詩月も声を弾ませる。

「あっ、卒業公演だとべつの意味になってしまいますね。ええと、なんていうのでしょう、とにかくお祝いライヴですね」

「観客は入れられないよ？　撮影を優先するから」と黒川さんが冷静に口を挟んでくる。

「かまいません！　伽耶さんのためのライヴですから」

「いい案だと思うけど……伽耶はどう？」と僕は視線を移す。

「あ……ありがとうございます、うれしいです」

伽耶は口元をおさえて涙ぐんでいる。

「決まったね！　じゃ、練習しよ！」

朱音はレンタルのマイクやコード類が入ったバスケットをカウンターから受け取ると、うきうきした足取りで階段の方へと向かった。

「卒業っぽい曲をたっぷりってことは……この間のオリジナル曲以外にも、カヴァーもやるってことですか」と伽耶が訊いてくる。

「客を入れない内々のお遊びライヴなら、それもいいんじゃないかな」と僕はうなずく。

「真琴さんは卒業の歌といえばなんですか？」反対側から詩月が訊ねてくる。

「んー……。『ミセス・ロビンソン』」

「それ卒業ソングじゃないよ！　映画のタイトルが『卒業』なだけでしょ！」先を行く朱音が振り返って即座につっこんでくる。

「しかも不倫映画。さすが村瀬くん」

「真琴さんっ、浮気は絶対しないってこのあいだ指輪に誓ったばかりじゃないですかっ」

「えっ、ゆ、指輪？　どういうことですか先輩ッ」

ちょっと思いついて言っただけなのにこの集中砲火はひどすぎないか。

「ええと、カヴァーは置いといて、オリジナルの卒業ソングもう一曲つくるよ。今あるやつは朱音が歌うやつだから、もうひとつは伽耶が歌うやつ」

必死に話題をそらす。

「ほんとですか！　先輩がわたしのために……」

伽耶は目を潤ませ、ベースギターのケースをぎゅうっと抱きしめた。よかった、うまく追及を躱せた。

大急ぎでもう一曲書かなきゃいけない羽目になったけれど、どのみち伽耶のためにも曲を書きたいと前々から思っていたことだし、良い機会だろう。

＊

「村瀬くん。新しいスタジオを内見しにいきましょう」

凛子がそんなことを言ってきたのは、翌日の昼休み終わり際のことだった。

「さすがに昨日の練習は部屋が狭すぎ。『ムーン・エコー』にだけ頼っていると、今後もまたこういう不便があるかもしれないし、他の場所も見繕っておかないと」

「んん。たしかに」

「兄のつてでかなりいいところを見つけたの。しかも場所は池袋、便利でしょう」

『ムーン・エコー』のある新宿よりはちょっと近い。逆に伽耶にとっては遠くなってしまうのが申し訳ないが、どうせ伽耶もこの四月からはうちの生徒だから、学校帰りにスタジオに寄る分には池袋も新宿も変わらないか。

「でもそんな大事な話ならさっき全員いるときに言えばよかったのに」

予鈴が鳴り、詩月も朱音も先に教室に行ってしまい、少し遅れて二人で準備室を出たところでこの話を切り出されたのだ。

「二人に聞かれたらついてきたいって言われるでしょう」

「え？　みんなで行くんじゃないの」

「わたしと村瀬くんだけ」

「なんで」

「ここのところ二人だけの時間がまったくなかったでしょう。そのせいで、村瀬くんはだいぶたるんでるんじゃないかと思う」

「たるんでるってなに……？」

「心当たり、ないの？」

「びたいちない」

「それがすでにたるんでいる証拠」

えええええ……。なにその理屈。反論不能じゃないか。

「その点についても道中の電車内でじっくり話し合いましょう」

といっても、朱音は凛子と同じクラス、詩月も隣の三組。スタジオ練習がない日でもだいたい帰りがいっしょになるので、どちらにも知られずに凛子と僕だけで駅に向かうなんて不可能だった。校舎の玄関口で四人そろってしまう。

「今日の村瀬くんはわたしが独占利用するので」

とうとうモノ扱いを隠しもしなくなってきた。

「あたしはいつも帰りの電車で真琴ちゃんを独占してるから少しくらいならべつに」

いつぞやとまったく同じせりふを朱音は口にした。

「ううっ……私もこの間たっぷり一日中独占利用しましたから……順番からいっても凛子さんですね……」

詩月は本気で悔しそうにつぶやく。

「いや、べつにいいんじゃないの四人で行けば。スタジオ見にいくんでしょ」

なんの気なしに言ってみると朱音も詩月も眉をつり上げた。

「人の心がないの真琴ちゃんッ?」「凛子さんの気持ちも考えてあげてください！」

ここ最近意味不明なまでに各方面から責められ通しで泣けてきた。

駅で電車を待つ間に凛子にも諭される。

「朱音とも詩月とも、二人だけで出かけたんでしょう。伽耶の家にもまた遊びにいったと聞いている」

「うん。……なんか悪かった？」

「悪くない。どんどんやって」

「はあ」

「でも機会は均等に。公平を期して。村瀬くんはバンドの福利厚生の一部なんだから」

モノ扱いですらないなにかになってしまった……。

「いまいち自覚していないようだからこの際はっきりと言っておくけれど、わたしたちは全員村瀬くんのことが大好きで大好きで大好きで大好きでしかたがないの」

「怖いんですが」

「だから隙あらば村瀬くんで遊びたい——あ、ちがった、村瀬くんと遊びたい」

「助詞が変わるだけで差異がすごいんだけどっ？」

「女子に変わるだけで再生数すごいのが村瀬くんだし」

「脈絡ッ？」

「愛情を向けられるのはいやなの？」

凛子がたまに向けてくるこの切なげな視線に、僕はほんとうに弱かった。演技とわかっていても圧力がある。

「……べつに、いやじゃないけど。嫌われてるよりはずっといいし」

みんなが僕を共通のいじり材料にして仲良くしているなら、けっこうなことだった。チョコを選ぶときもだいたいそんなノリだったんだろうな、と思う。

「それはよかった」と凛子は淡く微笑む。「でもわたしも、まったく後悔していないというと嘘になる」

「……後悔？」

「最初に、詩月を説得してドラムスを続けさせたこと。あんなことをしなければ、わたしは村瀬くんをずっと独占できた」

どこまで本気で言っているのかわからない。

けれど、線路越しに向かい側のプラットフォームへと向けられた凛子の視線は遠く儚げで、僕は思ったことをそのまま口にした。

「その『しなければ』は、たぶん意味ないと思う」

しばらく間を置いて、凛子がこちらを向いた。透きとおった眼差し。凛子の無表情は、感情がないのではなく、様々な色の光が少しずつ等分にまじりあった結果の無色だ。

だから僕も言葉を続ける。

「凛子が、詩月のドラムスを聴いて惜しいと感じないような人間だったら、僕はそもそも凛子のピアノに惹かれなかった。だから仮定が無意味ってこと」

僕らはきっと、どうやっても巡り逢っていた。

朱音にも同じことを話したけれど、今あらためて強く思う。

「そうかもしれない」と凛子はいっそう透明度の高い笑みを浮かべた。

列車がやってきて、彼女の輪郭をふちどる逆光を遮ってしまう。

雑司ヶ谷霊園と都電荒川線に挟まれた一角だった。

細い路地に古い酒屋や米問屋が並び、遠くからは建築中の高層ビルのうつろな作業音が響いてくる。駐車場の陽だまりには野良猫が群れて暖を取っている。

「このへん再開発地域でね。あと十年のうちにタワマンだらけになるんだ。うちの社が土地確保できてたのはただのラッキーだね」

辰人さんはそう言って笑い、鍵を取り出して建物の玄関を指さした。

冴島辰人——凛子のお兄さんだ。荒川線の雑司ヶ谷駅で僕らを待ってくれていた。高そうな明るいグレイのスーツを完璧に着こなした好青年で、凛子とはあまり似ていない。というか御両親のどちらの面差しもない。このさわやかさはいったいどこからどう遺伝してきたんだろうと不思議に思う。もっとも、冴島家の人間で僕に対してフレンドリーな表情を向けてくるのはこの人しかいないから例外に見えてしまうだけかもしれなかった。

辰人さんが僕と凛子を招き入れたのは、デザイナーズマンションみたいなたいへん洒落た造りの三階建てだった。広々とした玄関ホールで辰人さんは真っ先に靴を脱ぎ、僕らの分のスリッパも出してくれる。新築特有の、真新しい塗料のにおいがした。

廊下左手の大きなガラスドアを抜けると、開放感あふれるリビングに出る。家具の類いはまだひとつも置かれていないけれど、ソファ四脚と大テーブルを窓のそばに置いてもまだまだ余裕がありそうだ。右手奥にはダイニングスペースが別に区切ってあり、その奥にはキッチンも見える。

「台所広くていいだろ。俺が使いたいくらいだよ。凛子は料理一切できないから宝の持ち腐れになっちゃうな」

辰人さんは笑う。そこで僕はふと思い出した。

「あ……そういえば、あの、チョコを作ってくれたとか。あとクリスマスの料理も。ありがとうございました。すごく美味しかったです」

「それはよかった。俺はもう音楽全然だったから、母親に料理ぎっちり仕込まれてさ。凛子なんて包丁持ったこともないんだ」

「適材適所」と凛子は涼しい顔で言う。

しかし、と僕は贅沢なシステムキッチンを見回して思う。

リビング？　ダイニング？　キッチン？　あれ？

「ピアノだけはもう運び入れてあるんだ。二階と三階にピアノ用個室がひとつずつ。大スタジオは地下。電気はもう通ってるけど機材はなんにもないから見るだけになるかな」

「お風呂も見たいのだけれど」

「バスルームとシャワールームが一つずつある。まだ水は出ないよ」

お風呂？

まだなにやら色々と話し合っている冴島兄妹に、僕はおそるおそる声をかける。

「……あの。……ここってスタジオ？　だよね？　普通の家みたいに見えるけど」

辰人さんは目を丸くして僕と凛子の顔を見比べた。

「スタジオ？　うん。スタジオも——あれ？　凛子、ちゃんと話してないの？」

「スタジオつきシェアハウス。そう言わなかったっけ」

「聞いてない！　新しいスタジオっていうからレンタルスタジオかと」

シェアハウス。たしかに、シェアハウスだ。三階建てだっていうし、共用部分がここまで余裕たっぷりだし。

「音大生の利用を当て込んだ女性専用シェアハウスなんだよ。この四月からオープン」

辰人さんはそう説明してくれる。

「わたしの志望校すぐそこだし、見た限りなかなか設備もよさそう」と凛子はうなずく。

「ゆっくり見てっていいよ。じゃ、俺まだ仕事あるから」

鍵を妹に手渡した辰人さんは手を振って玄関に向かう。

「終わったら鍵しめて郵便受けに入れといてくれればいいから。それじゃ村瀬君、凛子のことよろしく」

まだ混乱したままの僕は、凛子と二人、がらんとしたリビングに取り残された。

「じゃあ見て回りましょう。どこから見る？　村瀬くんもお風呂が気になる？」

「いやいやちょっと待って！　シェアハウスってなに？」

凛子は目をしばたたいた。

「シェアハウスというのは複数人が共同で入居する賃貸住宅を指す和製英語で――」

「言葉の意味は訊いてない！　スタジオ見にいこうって話じゃなかったの？」

「スタジオもあるって言ってるでしょう。じゃあ、地下から見ましょう」

そう言って凛子はさっさと階段に向かってしまった。

地下のスタジオはかなり本格的なものだった。グランドピアノひとつきりで、他の機材はまだなにも置かれていないけれど、音響もよさそうで、コントロールルームも併設されている。

『ムーン・エコー』のいちばん広い部屋よりもさらに二回りくらい広い。ドラムセットをこちらの壁際、ギターアンプがここでベースアンプがここで……と想像の中で楽器をどんどん配置してみる。余裕たっぷりだ。客席用にパイプ椅子を十脚くらい並べてちょっとしたスタジオライヴもできそう。

「なかなかいい。この部屋が終日使い放題なんて最高だと思わない？」

「最高だけども。ええと？　まさか四月からここに住むの？」

「まさか。高校卒業してからの話」

「そんな先の話だったのかよ……」

『ムーン・エコー』以外にもスタジオを確保しておこう、なんて言われたら普通のレンタルスタジオのことだと思うにきまってるだろうが。

「全部で六部屋あるということだし、もし空いてたらＰＮＯ全員で住むのも可能。いつでもセッションできるし、料理も伽耶と村瀬くんができるし」

「待て待て。女性専用って言ってただろ？」

「管理人が来るときにだけ女装すれば大丈夫でしょう」

「なんも大丈夫じゃねーわ！　ていうか管理人以前にね、同居は色々とだめでしょ？　女の子だけならまだしも」

凛子は首を傾げた。

「わたしは全然かまわないけれど。他の三人も大賛成のはず。なんなら今からＬＩＮＥでみんなに訊いてみる」

「話がややこしくなるからやめてください！」

スマホを取り出した凛子の腕に組みついて止めた。

ほんとにもう、男としてカウントされていないんだな、とつくづく思う。

「でもバンドのみんなでいっしょに暮らすなんて素敵でしょう」

「いやあ、ううん……楽しいだろうけど……ずっといっしょにってのはどうだろう」

適度に距離を保っておかないと些細なことで関係にひびが入るのでは、と心配してしまうのが僕の性分だった。

「上も見にいきましょう」

凛子はまたもすたすたと階段に向かう。

二階は、まっすぐな廊下の左手側にドアが三枚並んでいた。突き当たりの重たそうな防音扉はおそらくピアノ室だろう。三階に上がってみるとまったく同じ造りだった。

いちばん手前のドアを凛子は引き開けて中に入る。

「へえ。寝室も一応防音になっている」

ドアと壁を触ってたしかめた凛子は感心してうなずいた。なるほど、ヴァイオリンとかなら自室でも練習できるようにってことか。

しかも、トイレと洗面所は各個室に備えられていた。

「気配りが行き届いている。最高」

わずかに口角を上げ、語気を強める凛子。表情変化の乏しい彼女としては、大はしゃぎしているのと同等だ。

　しかし。

「お家賃、お高いのではないでしょうか……？」

　思わず変な口調になってしまった。

「でしょうね。親の意向通りにピアノ科に進めば喜んで出してくれると思うけれど、作曲科に進んだらどうだか」

「お父さん言ってたじゃん、ピアノ科でもある程度は作曲の勉強できるって。そういう選択肢はないの」

「ない」

　驚くほどきっぱりと凛子は言った。

「ピアノを究めるつもりもないのにピアノ科に入るのは先生にも失礼だし、わたしが合格したせいで本来なら受かっていたはずのピアノ科志望一人の未来を潰してしまうのも心苦しい」

　まるで合格が確定事項みたいに言いやがる。いや、凛子ならそりゃ間違いなく受かるとは思うけどさ。

　この、危ういまでの誇り高さが——たぶん、凛子に惹かれたいちばんの理由だ。

「高校卒業までに稼げるようになっているのが理想だけれど、なかなかそうもいかない」

「んん……できなくも……ないかも」

自信はないのでたどたどしい言い方になる。

「集客はできてるわけだし、動画中心に活動をシフトするとか、人気曲をカヴァーしまくるとかで稼げるんじゃないかな……」

「村瀬くんそういうのあまり興味ないでしょう」

「うん、まあね」

けっきょく僕がいちばん好きなのは曲作りなので、できればオリジナルで勝負し続けたい。プレイ自体も好きだしカヴァーで演りたい曲もたくさんあるけれど、それ中心となると早晩飽きてしまうだろう。

「それに、今のＰＮＯの延長線上でどれだけ稼げても、それは村瀬くんの功績でしょう。わたしが稼いだとはいえない」

「え？　そんなことないだろ。凛子たちがいなきゃバンドなんてそもそも組めなかったわけだし、最初のあの曲がブレイクしたのも――」

凛子は哀しげな目で首を振って僕の言葉を遮った。

「村瀬くんはわかっていない」

「……なにが」

「キョウコ・カシミアにも言われたはず。ＰＮＯでかけがえのない部分は、村瀬くん、あなたひとりだけなの。わたしたちはいくらでも替えがきくの」

「そんなこと――」

僕は声を詰まらせる。

そんなことはない、と言い切ってやりたかった。

だって、僕と凛子で始まったのだ。あの草いきれの香る狭苦しい楽園で、お互いの情念と指とを絡め合い、空にしか行き場のない風に歌を乗せて解き放った。あの日の二人きりのセッションが今の僕を形作っている。

目を合わせると、凛子の瞳の中にあの春の終わりの午後が湛えられていて、僕らが同じ記憶を手探りしているのだとわかる。

でも凛子は首を振って続けた。

「あなたがどう思っているかは、……個人的な慰めにはなるけれど、音楽を受け取る側には関係ない。事実として、わたしはただあなたに最初に出逢った、というだけ。特別な人間にはなれていない」

冷然とそう断言されたら、僕はもう黙り込むしかなかった。

凛子は両手を広げ、自分の指を一本ずつ、付け根から爪の先まで視線でたどった。まるでそれぞれに名前をつけて心の中で呼びかけているみたいに。

「だからわたしも、あなたにとってかけがえのない何者かになりたい」

凛子の視線は人差し指の先からふわりと飛び立ち、僕の顔にとまった。

「そうなれた暁には、堂々と一つ屋根の下でいっしょに暮らしましょう」

「……はっ？」

我に返った。

「え、あ、あのっ？　なにっ？　凛子が音大行って作曲勉強してもっとバンドに貢献できるようになるって話だよね？　そうなったからってシェアハウスが女性専用なのは変わらないし全然なんの関係もないよねっ？」

「バンドの話はしてない」

「えええええええええ」

バンドの話はしてない、という言葉をここ最近色んな女から浴びせられてそのたびに困惑してきた僕だけれど、もう今回は悶絶するしかなかった。なんで？　どういうこと？　どう解釈してもバンドの話の流れだっただろ？

「ピアノ以外のすべてを犠牲にしてきて包丁を握ったこともないわたしからの忠告だけれど、村瀬くんは音楽のことばかり考えすぎ」

「世界でいちばんおまえに言われたくねーわ！」

「じゃあ個人的に最重視しているお風呂を見にいきましょう。一階にあるはず」

凛子はさっさと個室を出ていってしまった。階段を下りていく足音が聞こえる。僕は頭痛がしてきてしばらく床にうずくまった。

息をついてから、立ち上がって凛子を追いかける。

風呂は一階の廊下の奥まった場所にあった。脱衣場からしてすでに高校のプールの更衣室と同じくらいの広さがある。隅に設けられている給排水口はおそらく洗濯機用だろう。

「わあ」

バスルームの磨りガラスの戸を開けた凛子は感嘆した。僕は耳を疑った。凛子が「わあ」なんて言うのをこれまでに聞いたことがない。はじめてだが、まさか風呂を見た瞬間とは。

しかし、たしかにそれだけのしろものだった。ちょっとした旅館の浴場なみだ。洗い場にはシャワーが三つも設えられており、浴槽も床を掘り下げてあるタイプで、四、五人が並んで入って悠々と脚を伸ばせそうなほど。

「最高に最高。入居者全員いっしょに入れそう。毎日が修学旅行」

「そんなに風呂好きだったのか」

「ええ。住まい選びではお風呂が最優先チェック事項。ここは大合格。ただ――」

浴室を見回して凛子は声のトーンを落とす。

「ひとつ問題がある」

「ああ、ここまで広いと掃除がたいへんそう？」

「そうではなくて。さすがにお風呂となると村瀬くんは女装しても男だとばれる」

「当たり前だよ！　なんで入居する前提の話続けてんのっ？」

「……と思ったけれどほんとうにばれる？」

「ばれるよ！　下の方見て訊いてくんな、生々しいから！　ていうかそれ以前にいっしょに入らないから！」

「村瀬くんだけシャワー室で済ませるということ？」

「だから入居の前提をいいかげんやめろ！」

「村瀬真琴付きシェアハウス、良い物件だと思うのだけれど」

「その呼び方地縛霊みたいで怖いんだが」

「村瀬真琴完備には魅力を感じないの？」

「僕自身だからね！」

「村瀬くんはもっと自分を肯定してあげて」

「その台詞はもっと他にふさわしい場面があるよねっ？」

その後、屋上のガーデニングスペースや各フロアの収納スペースなど細かいところまで見て回り、けっきょくシェアハウスを出たのは午後六時過ぎだった。空はすっかり暗い。

「充実した一日だった」

玄関口を振り返って凛子はつぶやく。

「設備も立地も申し分なし。二年後に都合良く部屋が空いているかどうかが問題。おさえておいてもらえるかどうか兄に相談してみる。村瀬くんはどうだった」

「え？　ああ、うん。すごくいい物件だと思うよ。家賃も……スタジオ代を含めて考えればむしろお得になるのかな」

「村瀬くんが性別を隠して入居するというプランが無理でも」無理にきまってんだろ。「ゲストを招いてのスタジオ利用は問題ないそうだから。ゲストまで女性限定ということもないだろうし」

「でもどっちにしろ卒業後の話だよね。あんま実感湧かないな。二年後なんて自分もまわりもどうなってるかわかったもんじゃないし」

「それはたしかにそう」

僕の隣に並んで歩きながら凛子はくすりと笑う。

「去年の今頃のわたしなんて、まさか自分が高校に入ってからバンドを組むなんて想像もしていなかった。また音楽をやるとも思ってなかった……というか、自分がなにか意味のあることをしているってところを思い浮かべられなかった。ゾンビみたいなものだったから」

「ゾンビって」

そんなひどい状態だったのか？

僕は出逢った頃の凛子を思い出そうとする。

「ピアノをあきらめて、意地張ってだいぶレベル高い志望校にして、意地のためだけに受験勉強して。もうぼろぼろだった。だから知り合ってすぐの頃に村瀬くんに対してだいぶひどい態度をとったけれど赦してほしい」

「くっ……この流れでそう切り出すのは……ずるいっていうか……」

「あの頃のわたしは心がすさんでいたから村瀬くんを性犯罪者扱いして」

「今もたまにしてるだろ」

「最近のは愛のある性犯罪者扱い」

「愛のあるってつければなんでもいいと思ってない？」

「実際あの頃のわたしだいぶひどかったでしょう」

本人から平然とそんな質問をされると反応に困る。

「……うん、いやぁ、まあ……棘だらけだったよね」

「小さい頃からピアノ漬けでコンクールにすべてを捧げちゃっているような子供って、やっぱりどこか歪む。ピアノを続けているうちはその歪みも武器になるけれど、やめてしまうと残るのは変な形の心だけ。実際に何人も見てきた。いつも二位になってた子が最近コンクールに出てこないな、と思ったらピアノやめて入院してたとか」

怖い世界だ。淡々とした凛子の語り方がいっそう真に迫るものを感じさせる。僕にはまったく縁がなかった、勝ち負けのつく音楽の世界。

「そういうの聞いてもわたしは、弱いからそうなるんだろう、最初からピアニストなんて目指さなければいいのに、なんてことしか思わなかった。いざ自分が同じ穴に落ち込んでみたら、ほんとうに真っ暗で、心細くて、なにも聞こえなくて」

凛子の声がうつろな夕闇に拡散していく。

民家の並びが開け、フェンスの向こうに都電の線路が、そのさらに向こうに高層ビル群の気忙しそうな灯りの群れが見える。空の色は西にわずかに燃え残った夕映えから真上の星のない闇に向かってのっぺりしたグラデーションをつくっている。

「だから、村瀬くんに逢えてほんとうによかった」

踏切で僕らは足を止めた。

季節外れの虫の鳴き声みたいな警報音が響いてきて、遮断機が下り、やがて小さな車両が窓からささやかな光をあふれさせながら僕らの目の前を通り過ぎていった。

僕はぐっと唾を飲み込んで、凛子の横顔を見つめる。

目が合った。

凛子の瞳の中で、僕自身が寄る辺なく立ち尽くしている。

「……どうしたの」

凛子は僕の様子を見て首を傾げる。

「……え、いや、……いきなりなに言うんだと思って」

「いきなりではないでしょう」と凛子は唇を尖らせる。「今日はずっとそういう話をしてる」

「うん……？　そ、そうか……」

「わたし、なにを言っても冗談だと思われてしまうふしがあって――それはわたし自身が悪いのだけれど」

遮断機が上がり、凛子は真新しい風が拭った後の暗がりへと足を踏み出す。

「でも、わたしが村瀬くんにすごく感謝しているということだけは、ちゃんと伝えておきたくて。今日ついてきてもらったのも、ほんとうはそのため。ありがとう」

開けた線路を抜けて吹いてくるひんやりした夜風のせいで、自分の頬の火照りがはっきりと感じられた。

「……う、うん」

たどたどしく答えている間にも凛子は線路の向こう岸へと足を向け、踏切を渡りきってしまいそうになるので、僕はあわてて追いかけ、隣に並ぶ。

僕だって同じ想いでいるのを、凛子にうまく伝えられているだろうか。言葉にしたら笑われてしまうだろうか。線路を渡ってしまったせいで、束の間僕らを包んでいた素直になれる魔法はもう消えてしまった後だろうか？

「だからね、村瀬くん」

僕が追いついてきたのを察して凛子は言った。

「もう少し頼ってくれるとうれしい」

「……ええと」

「マネージャーやってくれる人、探しているんでしょう。そういうのもひとりで抱え込まないでわたしにも相談してほしい。……といって、なにかあてがあるわけではないから役には立てないのだけれど、他のことでなにか手伝えるかもしれないし」

「あ、ああ、うん。……ごめん」

そうだよな。自分ひとりでなんとかしなきゃいけないようなことでもない。メンバーのみんなを信頼してないみたいじゃないか。

「助け合い、支え合って生きていきましょう。病めるときも、健やかなるときも、富めるときも、貧しきときも」

「うん。……うん？」なんか変な文句が続かなかったか？

帰宅してすぐに、これまでのマネージャー探しの結果をバンドのＬＩＮＥグループに書き込んだ。即座にメンバーたちから反応がある。男がいいか女がいいか、払える給料はいくらまでか、どんな仕事を任せるのか、自分たちでできる範囲はどのあたりまでか——。勝手気ままなやりとりが続く。

なにひとつ片付いたわけではないけれど、心がだいぶ軽くなっているのに気づく。

やっぱりひとりで抱えてちゃだめなんだな。他人に頼れるなら頼らないと。朱音や凜子の言っていた通りだ。僕以外のだれかができそうなことなら、分担してもらって、僕は僕にしかできないことに集中しないと。

新曲のリズムギターのアレンジ案を出して……それから新曲も書かなければ。

息をつき、スマホを切ろうとして、ふとＬＩＮＥの友だちリストの『みさお』が目に入ってしまう。

今日一日、凜子のおかげでずっと楽しくて、華園先生のことを忘れていた。

吸い寄せられるようにその名前をタップする。

音楽祭のカンタータの演奏動画をシェアしたメッセージには、あいかわらず返事どころか既読すらついていない。

せっかくつくった心の空間に、冷たい水が流れ込んでくる。

心臓に毛糸をじかに巻き付けられたような気分が襲ってくる。

これで、音信が絶えたままもう四日だ。毎日欠かさずタブレットをチェックできるわけでもないだろうけれど、それでも四日となると、なにかあったのかと不安になってくる。

なにか——。

深呼吸し、スマホを伏せて置いた。

僕と先生とのつながりは、手のひらの中にすっぽり収まるこの小さな機械だけだ。居場所も知らないし、もう半年以上顔も見ていない。いま先生になにかあっても、僕はなにひとつ知らないまま。

動画サイトの『Ｍｉｓａ男』チャンネルもチェックしてみる。

クリスマスで時が止まっている。

手術は無事に終わった──んだよな？　この間までＬＩＮＥで普通にやりとりできていたんだし、もう大丈夫なのだと──勝手に思っていたけれど……

考えていてもしょうがない。今の僕にできることをしよう。伽耶のためにも卒業ソングを書くと約束しているんだし、卒業にはなんとしても間に合わせなきゃ。

ＰＣを開き、ヘッドフォンをかぶると、シーケンサソフトを起動した。

マウスカーソルが震える。小節の区切り線がぼやけてにじむ。耳の中で小糠雨のようなノイズが響き、僕の指先は楽音を見失ってしまう。

Paradise NoiSe
Makoto Murase

6　卒業できないままで

「真琴ちゃんアレンジやってきてないのっ？」

「真琴さんがアレンジ案を持ってこないなんて……お加減が悪いのですか」

「村瀬くん、頭でも打ったの？　自分の名前と年齢は言える？」

「先輩でも音楽おろそかにすることなんてあるんですね……」

　よってたかって心配されてしまった。

　伽耶の卒業ライヴを翌週に控えた、『ムーン・エコー』でのスタジオ練習だった。ベースは伽耶が担当するので僕はサイドギターを受け持つことになるのだけれど、練習当日になっても新曲のサイドギターのアレンジがぜんぜん決まらず、手ぶら同然でスタジオ入りしてしまったのだ。もちろん伽耶をメインヴォーカルにした卒業ソングなんてワンフレーズすらできていない。まったくのからっぽ。

「いや、うん、ごめん。なんか思いつかなくて」

　練習始まってからまだ十五分だというのに、僕は休憩を入れると言ってスタジオからさっさと逃げ出した。

トイレでスマホを確認する。

華園先生からの既読は――まだついていない。

気になって音楽のことをなにも考えられなかった、とは言いたくなかった。他人のせいにしちゃいけない。僕がただ、さぼっただけだ。

気づけば十五分おきくらいにLINEを見ている。

なんの変化もない『みさお』とのトークルームを確認し、ため息をついて画面を消す。その繰り返しで時間を空費している。

思えば、僕の音楽はいつだって華園先生に聴いてもらえた。まだMusa男ですらなかった頃からあの人は僕の聴き手で、入院してからもそれは変わらなくて、逢えなくなってからは音楽だけがただひとつのつながりで――

こんなにも、細くて頼りないつながりだった。

暗転した液晶画面に映る自分の顔をじっと見つめる。灰色の僕自身も向こうから見つめ返してくる。

ほんの数日間、既読がついてないだけだろ？　なんでそんなに深刻そうな顔してるんだ。

問いかけると、鏡像の僕も同じ質問をする。

答えはない。

スマホをポケットに押し込んで立ち上がった。

とにかく、貴重なスタジオ練習時間をこれ以上無駄にするわけにはいかない。

部屋に戻り、みんなに謝ってギターを再び肩にかける。コードをなぞり、手癖に寄りかかり、とにかく朱音の歌心たっぷりのソロと凛子のめまぐるしいパッセージの間隙を埋めて調和させることだけを心がける。

我がオーケストラのメンバーは手練ればかりなので、恐ろしいことに演奏が成立してしまう。僕の心は霞んだままビートに呑み込まれる。

練習が終わった後、スタジオのロビーで反省会となった。いつものようにマクドナルドに移動しなかったのは、黒川さんに「来週のことで打ち合わせしたいからちょっと残ってて」と言われたからだった。

「漢方薬などはどうでしょうか。真琴さんの体質に合うものがあればいいのですけど」

「音楽バカにつける薬はないというし、それより鍼灸はどう」

「音楽バカって治るの？　治ったら真琴ちゃん存在意義消えちゃわない？」

「あの、バカの部分だけ治せれば、先輩の素敵なところだけ残るんじゃ」

引き続き四人から心配の集中攻撃を食らう。たいへん失礼なことを言われていて、伽耶まで感化されてひどいことを言い出していたけれど、反応する気力がなくて「うん……」と曖昧な返ししかできなかった。

「つっこみもないなんてっ！　真琴さん、本気で心配になってきました」

「詩月は今までのは心配してる振りだったの？　わたしはずっと本気で心配してたのに」

「凛子さんそれはずるいですっ！　わっ、私もずっと本気で心配してましたよ、それはもう最初から、真琴さんが生まれたときから」

「生まれたときから心配してるしづちゃんは真琴ちゃんのお母さんってこと？」

「えっ？　それは……母子の関係だと倫理的に困ったことになりますね……でも真琴さんと同じ籍に入っているということなのでそれはそれで」

「倫理的というのはどういうことなんですか？　先輩と先輩が、ええと？　籍？」

「伽耶はわからなくていいから。理解できない方がまともだから」と僕は口を挟む。話の展開があまりにも馬鹿馬鹿しすぎてちょっと冷静になってきた。

「ええと、ごめん心配かけて。ちょっとばたばたしてただけ。大丈夫」

嘘を見抜かれないだろうか、とひやひやしながら言う。

「マネージャー探しのこととか、あと学年末テストちょっと悪かったし、なんか色々と重なって、うん、でも、心配要らないから」

「えっ真琴ちゃんテストやばかったの？　赤点？」

「さすがに赤点だったらこの時期にスタジオ練習なんてやっていられないでしょう」

「そっか。あたしはぎりぎりだったけどね」

「私も数学がいつものように危なくて」

「わたし、全教科ぼろぼろかと思っていたんですけど国数英は意外とできました。受験勉強が良い感じに復習になってたみたいで」

「えっ伽耶ちゃん受験あったのにそのうえ定期テストもやらされたの？　地獄！」

「もう高校受かっていて内申も関係ないんでしょう。休めばいいのに」

「それだと逃げるみたいでいやなので」

「伽耶さんのそのプライドの高さ、ほんとうに素敵です」

テストの話題に逸れてくれたので僕はひそかに安堵する。

そこに黒川さんがやってきた。

「あ、もう練習終わったか。地下の工事、だいたい済んでるから見にいこう。ステージの感じとか確認しといて」

僕らは黒川さんに連れられてエレベーターに向かった。

「エレベーターめっちゃ広くなってるっ」

朱音がさっそく感嘆する。たしかに、広くなっていた。以前は四人乗るだけでかなり窮屈だったのに、今はバンドメンバー五人に黒川さんを加え、そのうちの三人がギターケースを持っているというのに、ちゃんと身体の向きを変えられるくらいの余裕がある。

「ドアもかなり広くできたんだ」

黒川さんは自慢げに言って『閉』のボタンを押す。

「前のは狭すぎて、機材搬入も一苦労だっつって不評だったからね。シャフト自体を広げられたわけじゃないから奥行きは大して変わってないんだけど」

地下一階に着き、エレベーターを出ると、狭い廊下にはバケツやワイヤーの束やホールから一時的に運び出されたとおぼしき照明器具などが乱雑に置かれていた。足を引っかけないようにと気をつけて進み、ライヴスペースに入る。

「あ、段差がスロープになってますね！　ここ転びそうで怖かったんですよね」

最初に踏み込んだ詩月が足下を見て言う。

「PAブース高いところになってる。ちょっと広くなったかな？」

「ステージはほとんど変わってなさそう」

「そうですね、ちょっと広くなったような気がしますけど、たぶん機材が外に出てるからで、前のままですね」

「そこまで期待されてたらちょっと困る」と黒川さんは苦笑した。「エレベーターと入り口まわりだけで予算いっぱいいっぱいだったよ。でも清掃業者も入れたからあちこちきれいになってるだろ」

「えっ控え室の壁もきれいにしちゃったの？」と朱音。

「あそこはそのままだから安心して」

控え室のコンクリート剝き出しの壁にはライヴ出演者が署名を残す風習があり、これまでの『ムーン・エコー』の歴史がびっしりと書き込まれているのだ。自分の名前の隣に思わぬビッグネームの痕跡を見つけたりするのが出演者の楽しみのひとつだという。

そういった裏側も含めて、良くも悪くもあまり変わっていない、というのが改装後を見ての印象だった。安全面を第一に考慮した改装工事だった、ということだろうか。

「まだ音響まわりの工事が終わってないから今日はリハできないんだけど、いつにする？　当日早めに来てやるか？」

「あー、ええと」

僕は伽耶をちらと見る。

「当日は伽耶を迎えにいったりするのでリハの時間まではないですね。日月火水のどこかで」

「私、日曜はお花のお稽古が」

「すみません、わたし水曜日撮影が入ってて――」

みんなでスマホを取り出してスケジュールを確認する。うちのバンド、けっこう予定を合わせるのが難しいのだ。伽耶が加わるとなるとなおさらだった。

「もう黒川さんもＬＩＮＥグループ入ってもらってスケジュール表シェアしよっか」

「そこまでしていただくのは申し訳ない気がします……」

「でも今後スタジオの予約など取りやすくなりそう」

話し合っているメンバーたちを見回してから、黒川さんがぼそりと訊いてきた。

「……マネージャー、探してるって聞いたけど。見つかったのか」

「いえ、まだ」

「私がやろうか」

その場の全員が黒川さんを見た。壁際で配線作業をしていたスタッフさえも手を止めてこちらを振り向いた。

「色々便利だろ。うちで練習もライヴもやるってなるとスケジュールを一括管理できるし。私の方で優先的に枠キープしとける」

「それは……便利ですけど、いや、でも、黒川さんスタジオの仕事で忙しいでしょ」

黒川さんは肩をすくめた。

「そろそろカウンターに立つのもやめようと思って。趣味でやってたようなもんだし。オーナーがあんまり店でうろちょろしてたらスタッフもやりづらいだろうし」

それはそうかもしれないが。

少し照れくさそうに口の端を曲げ、黒川さんは続ける。

「『黒死蝶』のことが片付いてさ。なんとなく──一区切りで、私も新しいこと始めなきゃって思って。インディーズミュージシャンを支援する会社作るつもりなんだ」

「わあ！　すごい！」朱音が声を弾ませた。

「サブスクサービスに登録すんの手伝ったり、メディアとコネつないだり、動画編集請け負ったり、あとは箱を持ってんのが強みだからイベントやったり」

「すごいすごい！　そういうの絶対ほしい！」

「で、起ち上げにあたってあんたらを広告塔に使いたいんだ」

ずいぶん開けっぴろげな言い方だった。

「これまでマコを便利遣いしたり、代わりにスタジオ無料で貸したりしてたけど、そろそろきちんとしなきゃって思ってたし。条件面は後で詳しく話し合うとして、どう。任せてみる気はある？」

最初に朱音が期待いっぱいの目を僕に向けてくる。続いて凛子が、判断一任、という目。詩月はやや不安げに僕と黒川さんを見比べ、最後に伽耶が戸惑ったままの視線を黒川さんから僕に移してきた。

「……僕は、いいと思います。……みんなはどう」

自分でも驚くほどすんなりと答えが口から滑り出てきた。

「さんせい！」と朱音。

「村瀬くんがいいならそれで」と凛子。

「黒川さんなら――お任せできると思います」と詩月。

最後に伽耶がおずおずと頭を下げた。

「……お、お願いします」

僕の心臓のあたりから、ひんやりした安堵がにじみ出てきて手足の指先にまで広がっていった。後になってちゃんと考えてみても、たしかに黒川さんはこれ以上いない適役だったし、願ってもない好条件だった。でもそのときの僕は、肩にのしかかっていた重みを少しでも取り除きたい一心だったのだ。やらなきゃいけないことがひとつでも減れば、音楽に割ける心の余裕ができるかもしれない。それしか考えていなかった。

＊

黒川さんとのマネジメント契約は、かなりこちらに都合の良い感じにまとまった。会計上の処理があるために月々いくらか支払うことになるけれど、スタジオやライヴスペースを年間通して規定回数だけ優先利用できるようになったため、実質的にはマネージャーを無料でやってくれるようなものだ。

僕にとって特にありがたいのは動画編集を頼めるようになったこと。以前の黒川さんはスタジオの紹介動画を僕にただ働きで編集させたりしていたのだけれど、マンパワーの無駄遣いだと考えを改めたらしく、プロに頼むことにしたのだ。演奏動画の編集もお手頃価格で請け負ってくれるとのことで、個人的にとても助かった。僕は曲作りは好きだけれど動画にはそこまで愛がないのだ。他人に任せられるなら任せたい。

重荷をひとつずつ黒川さんに移し替える作業だった。

メールの管理も黒川さんがやってくれることになった。PNOの動画チャンネルに設定してあった連絡先アドレスを、黒川さんがつくってくれたアドレスに変更する。これで、面倒くさい仕事のオファーなどは黒川さんがまずチェックしてくれるようになる。

それまで溜め込んでいた未開封のメールも、ほとんど中身も確認せずにまとめて黒川さんに転送した。

ベッドに突っ伏す。

動く気力が湧いてこない。

食欲もない。夕食はほとんど食べていない。なにか音楽を聴く気にもなれない。おかしい。身も心も軽くなっているのに。

ある程度の重みはちゃんと自分の足で前に進むためには必要なのかもしれない。重力が弱い月面だとろくに歩けないっていうし。

……華園先生のことを考えたくなくて、どうでもいい想像の中にふにゃふにゃの自分を浮かべていた。

スマホが震える。黒川さんからの電話だった。

『すごい大事そうなオファーメールが二つも来てんだけど、おまえ中身見てる？』

「えっ？　……あ、あの、すみません、見ないで転送してました」

『キョウコ・カシミアと、窪井拓斗から』

僕はベッドから転げ落ちた。

黒川さんが再転送してくれたのでPCの方で確認する。たしかに、あの二人からだった。どちらもかしこまった文体の依頼メールだ。

拓斗さんは、アルバムを出すことになったから一曲書いてくれ、という依頼。キョウコさんも同じく作曲依頼だった。知り合いのプロデューサーがとあるユニットのための新曲をだれに頼むか悩んでいたのでPNOを聴かせたところ大いに気に入ってくれた、一度話をしてみないか、と。

『これバンドじゃなくてマコ個人宛の依頼だけど、どうする？　自分で対応する？　それとも個人のも私が管理しようか』

「……あ、はい、そうですね……じゃあ、こっちもお願いできますか」

『で、どうすんの。請ける？　これ両方ともプロの案件だよな。すごいなおまえ。さすがにすぐは決められないか。とりあえず話は聞く？』

判断は保留、条件を聞いてから、と返事してもらうことになった。

しかし、拓斗さんもキョウコさんも知らない仲ではないので、いきなりマネージャー経由だけでのやりとりに切り替えるというのも水臭い気がして、僕からも返信を打った。

ありがとうございます。びっくりしています。すぐには決められないので考えさせてください。依頼とてもうれしいです。『ムーン・エコー』の黒川さんという方にマネジメント全般をお願いすることになったので、今後の連絡はそちらから——

メールを送り終えると、またベッドに戻った。

枕に顔を押しつける。

重みがなくなったせいで上手く歩けないというのなら、べつの荷物をたくさん積み込めばいいだけじゃないだろうか、と思う。むなしさの中に漂っていかないように、地べたに強く押しつけられるように。

そうだ、柿崎さんへの返事もまだだった。イベントも出られるだけ出よう。もうすぐ春休みだし生活時間の全部をバンドのために使おう。余計なことをなにも考えられなくなるくらいに、頭を音楽漬けにしよう。そうつぶやきながら僕は目を閉じた。

＊

拓斗さんとの打ち合わせ場所は、うちの高校の最寄り駅前のカフェだった。気を遣って出向いてくれたのだ。

ミーティングにはスーツ姿の見知らぬ男性が三人も同席していた。さらには拓斗さんのエージェントである新島さんもいっしょに来ていた。この新島さんがなんとなく一座の進行役を任される感じになり、三人のおじさんたちを僕に紹介してくれる。

しかし、社名と役職名を並べられてもさっぱりわからない。たいへん愛想良く三人とも僕に名刺を差し出してきたけれど、やはりどういう仕事をしている人で、どういう立ち位置でこのミーティングに参加しているのか見当がつかない。一人はレコード会社の人だけれど役職は営業部長。一人は舞台系のエンタテインメントの企画会社らしいけれどこちらは横文字の役職名がそもそも理解できない。最後の一人なんて映像配信会社のかなりのお偉いさんだ。なんでここにいるの？

昨晩、黒川さんに「私もついていこうか？」と言われたのだけれど、断ってひとりで来てしまった。理由はつまらない見栄だ。なんというか、大人についてきてもらわないと仕事の話ができないのか、と拓斗さんに思われたくなかったのだ。

でも！　拓斗さんも新島さん連れてきてんじゃん！

くだらない見栄なんて張らなければよかったと後悔しきりだった。

「村瀬先生にお願いするのは一曲だけなんですか？　ここはもう三曲くらい」

「曲だけ？　前のあの曲すごい反響だったでしょうあれアルバムにも入れるんでしょ？　ならレコーディングにも入ってもらって」

「MVいっしょに出てもらえたりしませんかねえ先生」

おじさんたちが僕を囲んで盛り上がる。拓斗さんは白けた顔で黙り込んでいる。僕を助けてくれるのは新島さんだけだった。

「まだ書いていただけると決まったわけでもないですし、村瀬さんも学校がありますしお忙しいですし。まずはイメージの共有をですね」

そう、まだ書くと決めたわけではないのだ。オファーはうれしいけれど、今の僕にできるのかどうか不安がある。僕は上目遣いでテーブル向かいの面々をうかがい、レコード会社の人に向かっておそるおそる訊ねた。

「ええと。……プロデューサーさん、ということでしょうか？」

「え？　私？　いや私は営業です。A&Rもまだ担当者が決まっていない——というよりも窪井さんのビジョンが固まってから決めようという、まあ普通とは逆で出口が決まっていて最適な入り口をこれから決めようという案件でですね」

なにを言ってるのかさっぱりわからなかった。業界用語も多すぎるし。

「セルフプロデュースだよ。全曲俺がやる」

ようやく拓斗さんが口を開いた。

「はあ。……前に、自分ひとりじゃ音楽できないって……」

「できないからって、できないって言い続けてたら一生できないままだろ」

いやはやおっしゃる通り。

「しょうがないだろ。他にやりようがない。今の日本に俺がプロデュース任せてもいいって思えるやつは一人しかいないからな」

「一人見つけたんですか？　だれですか」

それじゃその人に頼めばいいだけじゃ——

「おまえだよ。なに言ってんだ。アホなのか？」

僕は目をしばたたいた。意味を理解するのに数秒かかった。

「え？　え、あ、はい、ええと」

「でもおまえはまだガキだしな。アルバム一枚プロデュースする時間も経験もないだろ。早く年食え」

あいかわらずむちゃくちゃ言う人だった。

「で、この企画なんですが」と映像配信会社の人が意気込んで話し始める。「言うなれば映画一本分くらいの巨大なＭＶを作ろうという話です。窪井拓斗という超絶才能を余すところなく表現し尽くした、音楽も映像もダンスも全部入りの、そう、マイケル・ジャクソンの『ムーンウォーカー』のもう少しストーリー性を抑えた感じの——ああ、いやすみません若い方は知りませんかね」

「それで連動して舞台でもミュージカル形式で同じものを演ろう、という」

舞台系企画会社の人も目をぎらぎらさせながら話に割り込んでくる。

「ビッグプロジェクトです。この間の新曲発表、先生と共作したあれです、あれで窪井さんに俄然注目が集まってますから鉄は熱いうちに打ちたいわけで」

気が遠くなる話だった。

拓斗さんの表情をうかがう。むすっとしている。しかしこの人は本気で怒っているときには視線に触れただけで火傷しそうなくらいになるので、今はさほど機嫌が悪くないらしい。とすると、周囲が勝手に神輿として担いでいる——というわけではなく、本人も乗り気の企画ってことだ。

いちリスナーとしてならこんなに楽しみな企画もないのだけれど……。

「一曲書くだけなら、おまえがいつもやってることだろ。すぐできるだろ」

ぶっきらぼうに拓斗さんが言う。

「ええ、まあ……」

「それじゃ書いていただけるんですね先生！」とレコード会社の人が興奮気味に言う。

まずその『先生』ってなんなの？　やめてほしいんだけど（後で新島さんに聞いたところによるとレコード業界の年配の人には作詞家・作曲家が『先生』であるという意識が今でも残っているのだとか）。変なプレッシャーかかってくるし。

「ええと、はい、細かい条件とかを聞いて……スケジュールの兼ね合いもあるので、すぐには決められないんですけど」

　そんなもやもやした返答しかできなかった。

　やっぱり黒川さんを連れてこなくてよかった、と安堵する。同席していたら、僕のスケジュールなんてすぐに確認されて、請けるのになんの問題もないということがこの場で判明してしまうからだ。

*

　キョウコさんが取り次いでくれた方の仕事の打ち合わせには、そもそもキョウコさんは顔を見せなかった。それはそうだ。彼女は僕を先方に紹介しただけなのだ。

　場所は、僕の地元の駅前にある喫茶店。やはり出向いてくれた。待ち合わせの時間に店に現れたのは、えらく恰幅の良い五十代くらいの男性と、ひょろっとした眼鏡の四十代くらいの女性だった。どちらもスーツ姿だ。

　男性の方は音楽プロデューサー、女性の方はダンスヴォーカルユニットのマネージャーとのことだった。

「キョウコちゃんに教えてもらってＰＮＯチャンネル聴きましたけど、あのね、バンドで演ってる曲はもちろんすごくいいんだけどそれよりソロの、ダブステップぽいやつ、あれね、我々が求めてる音なんです。なかなかね、日本だとああいう深めで広めで重ためのダンスミュージックできる人っていなくてね」

プロデューサーさんはめっちゃ早口で喋り続けた。

マネージャーさんの方はたいへん用意が良く、タブレットとヘッドフォンを取り出してきて、デビュー前だというそのユニットのパフォーマンスを見せてくれた。僕よりちょっと年上くらいの男女二人ずつの四人組で、ヴォーカル担当の二人も踊れるらしく、たいへん見栄えするグループだった。曲はスクリレックスの『サミット』のカヴァー。

なるほど。拓斗さんの依頼に比べれば、求められているものがとてもわかりやすい。

わかりやすいからといって——二つ返事で引き受けられるのかというと、そうでもないのだけれど。

「まだやれるとはお返事できないんですけど、持ち帰ってスケジュール確認してみて、はい、ええと、明日中にはお返事しますので」

そう答えて打ち合わせ場所を辞し、逃げるように帰宅した。

自室にこもり、黒川さんにＬＩＮＥで連絡する。作曲依頼について二件とも打ち合わせに行ってきたこと。どちらもしめきりがあるということ。

すぐに返信が来た。

［で、どうすんの］

どうする？

スマホを額に押し当てて考える。

思考がずぶずぶと泥の中に潜っていく。

ありがたい話だ。作曲の腕をプロから認めてもらえて仕事の依頼が来るなんて。ダンスユニットの方は四月中に最低でも候補二曲書いてくれ、とのことで、厳しいことは厳しいけれど無理ではない。拓斗さんの方はもっと余裕がある。

両方とも請けても——問題ない。

じゃあ、なにを迷ってるんだ？

スマホを持ち上げる。『みさお』のトークルームをタップし、既読のついていない自分のメッセージを何度も読み返す。［カンタータの動画あげましたよ］。URLつき。

聴いてもらえないまま、もう何日たっただろう。

もうやめろ。何回見返したところで変わらないんだ。

僕は黒川さんとのトークルームに戻り、返信した。両方とも請けようと思います。僕からもメール返しますけど黒川さんからも返信しておいてもらえますか。お金とか契約の話は黒川さんの方に送ってもらって——。

疲労感で指が痺れてスマホを落としそうになる。

受注の返事だけでこんなに疲れるとは。もし黒川さんにマネジメントをお願いしていなかったら、と考えると血の気が引く。もう大丈夫だ。あとは全部やってくれるぞ。僕は作曲にだけ集中すればいい。

無意識にまた『みさお』をタップしようとしている自分に気づき、スマホを枕の下につっこんだ。同じことを何度繰り返すつもりだ。今は忘れろ。

ＰＣの前に腰を据える。まずは伽耶の卒業ソングだ。約束したんだから。

シーケンサソフトが立ち上がるのと同時に僕の指はマウスから滑り落ちた。画面を見ていられなかった。僕の内側は乾ききってひび割れてぼろぼろと崩れかけていた。

＊

翌日のスタジオ練習を休んだ。

バンドのＬＩＮＥグループに、体調が悪いから休む、とだけメッセージを入れて、さっさと学校を出て電車に乗った。

なにをやっているんだろう。

電車のドアのガラス窓に額を押しつけ、自分を責める。みんなに嘘をついてしまった。身体はどこも悪くない。ただ、楽音がひとつも出てこないだけだ。

どうして。

先生からの既読がつかないだけで、どうしてこんな。

あの人はもうずっと長い間いなかった。去年の七月はじめに姿を消して、それっきりだ。

あの人がいなくても、僕は音楽をやってきた。夏も、秋も、冬も。

なぜって、聴いてくれていたから。

ネット越しの、動画サイト用に粗雑に圧縮された音で。ちっぽけなイヤフォンで。真夜中の病室を覆う神経質な静寂の中で。あの人がいつも聴いてくれていると、知っていたから。

それが今、途切れてしまった。

クリスマスライヴのときも——もし僕自身が出演者で、先生が手術室にいると知っていたら、ステージに立てなかったかもしれない。

音楽だけはなにがあっても続けていけると思っていたけれど、そんな強い人間ではなかったみたいだ。電車のドアにずるずると身体をこすりつけながら僕は膝を折り、床にうずくまった。レールから伝わってくる振動が骨をじかに鳴らした。空虚な金属のリズム。旋律はなにも染み出てこない。

華園先生はどうしているのだろう。ＬＩＮＥすら見られなくなったということは——

考えるな。考えちゃだめだ。ろくな想像が出てこない。

唇を噛みしめて必死に言い聞かせる。

家に帰ると、机の前に座り、両膝を抱え、ＰＣを開いた。

二件の作曲依頼のテキストを読み返す。グループやアルバムのコンセプト、曲のイメージ、参考にすべきアーティスト名や楽曲名が並んでいる。意味は理解できるけれど僕の心になにも喚起されない。

引き受けてしまったんだ。やらなきゃ。

とにかく、書かなきゃ。

伽耶の卒業ソングは申し訳ないけれどあきらめよう。時間がない。まずは今月中しめきりのダンスユニットの曲から。リクエストはヘヴィなＥＤＭ。最初にビートとベースラインのループを作ろう。ダンスがつくのが前提の曲だし、イメージを固めるためにもユニットの四人の踊り方をじっくり見ておかなきゃ。

プロデューサーさんからもらった動画を再生する。スタジオで撮影されたものだろう、鏡を背にしてトレーニングウェア姿の男女四人が有名ダンスナンバーに合わせてぶっ通しで踊る動画だ。ブルーノ・マーズ、ザ・ウィークエンド、ジャスティン・ティンバーレイク……。

観ていると息苦しくなってきたので、音量をゼロにした。

胸のあたりが少しだけ楽になる。ヘッドフォンのぼってりしたなまあたたかさが僕を包んでいる。四人の男女の健康的でセクシーな肢体の揺らめきが僕の網膜の上を滑っていく。

四曲目（たぶん。音がないので正確にはわからない）の途中で僕は動画を止めた。

真っ白な闇の中に呑み込まれて二度と戻れない——そんな気がした。

ヘッドフォンをはずした。よそよそしい冷気が耳の穴に流れ込んでくる。空気が細胞の一つ一つにまで浸透してきて、ほぐれ、崩れ、僕が僕でなくなっていく。

ノックの音で、液化していた僕はかろうじて元に戻った。

開きっぱなしのPCの画面はスリープ状態になって暗転していた。いま何時だ？　スマホをつっついてみると、もう夜。何時間無駄にしてしまったんだろう。

いらだたしげにノックの音がまた響く。

「マコ？　いないの？」

姉の声だった。

椅子から立ち上がるだけで首や肩や腰の関節がきゅうきゅう鳴いた。顔をしかめてドアを開くと、不機嫌そうな姉の顔がのぞく。

「バンドの娘、きてるけど」

「え」

ぼやけていた視界がいっぺんでクリアになる。練習さぼりに怒って押しかけてきたのか。

「みんなきてるってこと？」

「ううん、一人」

一人。家が近い朱音だろうか。凛子もあり得るな。僕に対して厳しいし。詩月も思いついたらすぐ行動に移すから僕に苛立ってなにか言いにきたのかも。だれだったとしても気が重い。顔を伏せながら僕は玄関のドアを開いた。

いちばん意外な一人が廊下に立っていた。

「……せっ、先輩、……すみません、いきなり」

伽耶だった。

制服姿で、ベースケースも背負っている。スタジオ練習からそのまま来たのだろう。顔が火照っているのは、走ってきたせいだろうか。

「お話があって、あの、もしほんとに体調悪かったらすみません、でも仮病だろうって先輩たちが言ってて」

その通りだよ。よくわかってるよな、みんな。

「話……。うん。ええと」

どうしよう、ここで立ち話をするわけにもいかないし、と迷っていたら、いきなり背後から声がかけられる。

「どうぞあがってあがって。お茶用意しとくからマコは急いで部屋片付けなよ。今ぐっちゃぐちゃでしょ」

姉だった。有無を言わせない形相で僕を廊下の奥へと押しやり、伽耶に顔を向ける。

「両親とも九時くらいまで帰ってこないからゆっくりしてっていいよ」

「……はい、お邪魔します！　ありがとうございます！」

僕はあわてて自室に戻り、床に投げ出しっぱなしの鞄や洗濯物や雑誌をクロゼットにまとめて押し込んでなんとかスペースをつくった。

伽耶は僕の部屋唯一のクッションに腰を下ろし、僕はベッドに座った。椅子だと伽耶に対して視線が高くなりすぎてなんだか説教してるみたいになってしまうからだ。

いきなり押しかけてきたくせに、伽耶は正座したままずっと黙り込んで、膝の上で合わせた両手をもどかしげに組んだり開いたりしていた。姉がドアの隙間からペットボトルを二本押し込んできたときだけびくっと腰を浮かせたけれど、その後はまた貝になる。

なにを話せばいいのかわからないのは――僕も同じだけれど。

今の僕のていたらくにいちばん怒っているのは、考えてみれば、伽耶か。彼女のための卒業ライヴが迫っているのに練習をサボり、書くと約束した曲も手つかず。

なによりも、僕は伽耶を引き入れておきながらまだ一度も『本番』でいっしょに演っていないのだ。

せめてちゃんと説明しないと。

説明――。

なにを。どうやって。

その夜の僕はほんとうにどうしようもなかった。形にならない言葉を喉からなんとか引きずり出そうとして、気持ち悪さにえずいて呑み込む、その繰り返しだった。けっきょく先に口を開いたのは伽耶の方だった。

「……華園先生って、……どういう人なんですか」

その名前が伽耶の口から出てきたことで、僕は心臓に直接息を吹きかけられたような感覚をおぼえて縮こまった。

目を合わせられない。伽耶はためらいがちに続けた。

「先輩たちが言ってたんです。華園先生と最近連絡がとれなくて、村瀬先輩がなんにも手につかないのもそのせいだろう、って」

僕は手で顔を覆った。

他のみんなだって華園先生とつながりがあるわけだから、ここ数日まったく反応がなくなってしまったことも知っている。仮病が見抜かれるのも当然だった。恥ずかしい。

「でも、先輩たちも責める資格はないって言ってました。資格があるのはわたしだけだって。意味がわからないです」

資格……。

凜子も、詩月も朱音も、華園先生の教え子だから。いま僕と同じ喪失を抱えているから。僕と同じ岸辺でうなだれているばかりだから――

責める言葉は、水面に映った自分に吐きかけられることになる。

でも、伽耶だけはちがう。

「わたしは、後輩なので。歳下なので」

泣き出しそうな声で伽耶は言う。

「空気も読まないでわがまま言いにきました。華園先生ってだれですか？　その人がどうしたっていうんですか。バンドになんの関係があるんですか？」

伽耶の言葉はざらついた僕の意識の表面をひっかき、幾筋もの痛みを残した。

僕はかさついた唇の間から声を苦労して押し出す。

「……うちの、音楽の先生だったんだ。去年の夏まで。……病気してたらしくて、学校やめて入院しちゃって。……冬に、なんか難しい手術したらしいんだけど。よくわからない。どこに入院してるのかも知らないし、たまにＬＩＮＥがくるだけだし」

語れば語るほど、伽耶の僕に向ける目は水底へ沈んでいく。

いや、沈んでいるのは僕だ。冷たく透きとおった無力感が僕と伽耶を隔てている。なにひとつ届かない。言葉は生まれる端からむなしい泡に変わる。それでも、続けた。そうしなければ呼吸が止まってしまうみたいに。

「いいかげんで勝手な人なんだ。ものぐさだし、気まぐれだし。てきとうな思いつきで他人を平気で振り回すし」

おまけに人の弱みに平気でつけこんで、無理難題を押しつけてきて。根拠もなく、できる、って言い張って、全部任せてきて。

でも――。

「でも、先生がいなきゃ、僕はずっとひとりだった。先生が僕を見つけてくれた。先生がつないでくれたんだ」

いつも見守って、支えてくれていた。

言葉にしてしまうと、像は薄っぺらい紙になって水の中に溶けていく。ぜんぶ嘘になる。僕にとって華園先生は――一体なんなんだろう。

わからない。

自分でもわかっていないのに伽耶に伝わるわけがない。ただ澄み切った窒息感だけが積もり続ける。

思えば僕は華園先生とたったの三ヶ月しか一緒にいなかったのだ。伽耶と出逢ってからの時間の方がもうずっと長くなっている。それなのに僕は、いま目の前にいる伽耶との約束も放り出したままで、いまここにいない華園先生のことばかり考えている。罪悪感で喉が、胸が、肺がふさがれる。

溺れる寸前で、ふと伽耶がつぶやいた。

「……先輩の、大切な人――なんですね」

大切な人。

その言葉は、やっぱり真実からはだいぶ離れていたけれど、それでもシルエットが重なって見えた。

大切な人。喪いたくない人。喪いたくなかった人。連弾のときに耳をくすぐるささやき声。コーヒーの香る音楽準備室に午後の陽が射し込み、ふたつ並んだマグカップが机の上に長い影をのばす。指と唇が古くて新しい歌をなぞる。

僕の大切な人。

無意識に小さくうなずいていたかもしれない。

伽耶は目を伏せた。

「大切な人が聴いてくれないってだけで音楽できなくなるんですか。先輩、最低です」

僕は伽耶の耳のあたりをじっと見つめた。彼女は両膝を立てて腕をのせ、顔の下半分をうずめていた。視線は部屋の隅の床に転がったCDのケースに向けられていた。むかし父からもらったレッド・ホット・チリ・ペッパーズの『アイム・ウィズ・ユー』だ。ジャケット写真の蝿もさみしげにうつむいている。

顔を上げた伽耶の、目尻は赤く腫れていた。僕をじっとにらみつける瞳は濡れて光っている。髪の房から何筋かがほぐれて頬にはりついている。

「音楽バカから音楽なくしたら、ただのバカじゃないですか」

伽耶は床に両手をつき、膝歩きで僕に顔を寄せてきた。僕はぐっと息を詰めて顔を遠ざけようとするけれど、逃げ場なんてどこにもなかった。

「そんなの先輩じゃないです。わたしのっ、大切な先輩は——」

伽耶の手のひらが僕の胸に押し当てられた。熔けた鉄みたいだ。

「もっともっと勝手で、わがままで、人でなしで……戦争とか起きて世界が滅んじゃっても気づかないで曲作ってるみたいな、そういう人です。なんで人並みに傷ついたり落ち込んだりしてるんですか。そんなの、そんなの——」

涙の粒がぼろりと落ち、声を浸してしまう。

伽耶は鼻をすすりあげ、手の甲でまぶたをこすり、それから僕の胸をぐっと押してよろけながら立ち上がった。

背を向け、ベースケースを肩に担ぐ。

「わたしは、先輩がいなくても」

こちらに顔を向けないまま、涙の余韻の残る声で伽耶はつぶやいた。

「もうずっとバンドに来なくなっても。死んじゃっても。演りますから。新曲まだかなあっていいながらベース弾き続けますから」

伽耶が出ていってしまうと、彼女の形をした空虚に埃っぽい空気が流れ込み、部屋に取り残された静寂をわずかにかき乱した。

大切な人が、いなくなったくらいで。

僕は両手を広げ、自分の指を数える。何曲も書き記して、棄てて、また書いて、棄てて、書いて、そして奏でてきた十本の指を。それから自分の踏みにじってきたもの、無視してきたものを数える。

もう、僕の中には音符ひとつすらも残っていない。からっぽだ。

海を越えて高く高く飛ぶためになるべく機体を軽くしようとあれこれ棄てていったら、運ぶべき荷物もいつのまにかなくなっていた。燃料もなくなった。それが今の僕だ。

墜ちていくだけだ。海の泡になって消えるしかない。

それでも。

僕は椅子の背もたれにしがみついてなんとか身を起こし、立ち上がり、ＰＣの前に座った。傍らのスタンドからワッシュバーンを取り上げ、オーディオ・インターフェイスにつなげ、膝に置いてネックを握る。

とっくに硬質化している指先の厚い皮膚に、弦が食い込んで鈍い痛みとなる。音楽はどうやっても痛い。痛くなければ音楽じゃない。

ゆっくりと、同じ問いかけを何度も繰り返すようにしてチューニングをする。

からっぽなのは変わっていない。でも、僕にはまだエンジンに放り込んで燃やせるものがある。僕自身を、内側からこそげ取って、少しずつ火にくべる。

痛い。熱い。苦しい。黒い煙が吐き出されるばかりで、少しも前に進んでいる気がしない。メロディなんてまだほんのワンフレーズさえも湧いてこない。こんな萎えきった精神状態のままで、ましな曲ができるとはとても思えない。

それでも——。

知ったことじゃない。

音楽なんて、ただの色づいた音の羅列だ。雨粒の重なりからでも、疑似乱数の計算式からでも生まれてくる。パッションとか愛とかはその後に湧き出る。音楽が先だ。逆じゃない。だから、できる。書けるはずだ。僕は両手を血まみれにして自分自身を内側から削り続ける。スプーン一本で牢の壁を掘る脱獄囚みたいに、絶望と祈りを嚙みしめて。まだなにも出てこない。全身が塵になってもワンコーラスさえ紡げないかもしれない。でも抉り続けるしかない。僕が選んだことだ。

やがて僕の手は、薄っぺらい僕自身を貫いた。

7　大地は果てしなく美しく

満開の桜は学校の塀の上から通りへとあふれだし、花曇りの空が全体的に色づいて見えるほどだった。

「わあああ！　すごいすごい、きれい！」

朱音は僕の肩をばしばし叩いてはしゃいだ。

「うらやましい。うちの高校は門の脇に一本ずつしかないからいまいち気分が出ない」

凛子は目を細めてうなずく。

「ソメイヨシノはやっぱりそのまま樹に咲いているものが美しすぎますね。花材としてはほんとうに難しくて。一度も母を納得させられたことがありません」

詩月はいかにも華道家ならではの見解を口にする。

三月最後の木曜日の昼前、僕らは原宿駅で待ち合わせ、伽耶の学校にやってきた。僕らの高校はすでに春休みに入っているため、四人とも私服だ。ステージに立ったときに伽耶の制服姿が違和感なく見えるように、さらにはそれとなく伽耶だけ目立つように、と話し合って、全員が黒っぽい地味目のコーディネイト。

「これだけ派手に咲いてるとほんと卒業！　って感じだよね。あとは校門のとこに立て看板があったら完璧なんだけど」

朱音の言葉に、僕らは校門へと目を移す。

立て看板はない。卒業式ではないからだ。今日はただの修了式。

門を抜けた先の庭にも、卒業生や在校生や保護者たちが大勢たまっていたりはしない。記念写真を撮ったり第二ボタンの奪い合いをしたり泣き腫らした顔で別れを惜しんだりする姿もどこにもない。春休みを迎えてさっぱりした表情の生徒たちが校舎から三々五々出てきて校門を抜け、僕らの目の前を通り過ぎていくばかりだ。

伽耶も、そんな生徒たちにまぎれてひとりで庭に出てきた。筒に入った卒業証書を小脇に抱えていたりはしない。かわりにベースケースを担いでいる。学校帰りにスタジオに寄る、いつもの放課後。そんな雰囲気だ。

なにも特別なことのない、ただ花がきれいなだけの春の日。

門のすぐ外で待つ僕らをさっそく見つけた伽耶は、手を振り、駆け寄ってくる。

「ほんとに迎えにきてくれたんですか！　ありがとうございます！」

「伽耶ちゃーん！」

朱音がハグで迎える。伽耶は朱音の腕の中で首を傾げる。

「あれ、先輩たち楽器は？」

「いっぺん『ムーン・エコー』行って置いてきたんだよ」

「スタッフさんたちが先にセッティング進められますし」

「あっ、なるほど……」

バンドメンバーを順番に見やった伽耶は、最後に僕と目を合わせる。

気まずい――というか気恥ずかしいのでお互いに目を伏せた。朱音は苦笑して僕の肩をつっつき、詩月は伽耶の肩を抱いてくすくすと笑い、凜子は冷ややかに僕を一瞥する。

この一週間のことを思い返す。

伽耶が僕の家に押しかけてきたのは月曜の夕方だ。

新曲を一晩で書き上げてデモをＬＩＮＥでシェアした僕は、火曜日のスタジオ練習にこわごわ顔を出した。ドアを開けた僕を迎えたのは伽耶の土下座だった。僕にさんざんひどいことを言った、という自責の念に一晩中さいなまれていたらしく、半泣きで謝られた。練習をさぼったり約束の曲をずっと書かずにいたりしたのはこっちの方なので対応に困った。

それ以来の顔合わせなので、まだ複雑な思いが残っていた。

「……村瀬先輩も。……きてくれてありがとうございます」

「……う、うん」

「あの曲も、なんとか……仕上げられたと思うので、今日、よろしくお願いします」

「うん。……ほんとぎりぎりになっちゃって、ごめん」

今日は木曜日。新曲をみんなに渡してからまだ三日だ。なのに、客を入れないとはいえステージの上でプレイして、収録までやるのだ。ほんとに大丈夫だろうか。

横から凛子が言う。

「早朝にあげられた曲をその日のうちにピアノとストリングスのアレンジ入れてスタジオ練習に間に合わせたわたしにはなにか言うことはないの」

「……ほんとすみません、ありがとうございます……」

「真琴さんっ、私もあんな難しいスローテンポの曲いきなり渡されてリズムパターン考えるのすっごく苦労しましたけど恩着せがましいことなんて言いませんから！　私の卒業式と結婚式と銀婚式と金婚式のときにも曲を作ってくだされればそれでいいですから！」

「ああ、うん、詩月がいちばん苦労かけたかも」

「あたしはソロもなかったしハモりもつけやすいメロディだったしあんま苦労してないんだけどフラペチーノ一杯で赦すよ」

いきなり即物的な強請りだな。

しかし、いつも通りの集中攻撃をしてもらったおかげで、こわばっていた心がほんの少しだけほぐれた。今日のステージくらいなら――なんとかこなせそうだ。なんとか。

「じゃ、ベースは僕が持つよ」と申し出てみる。

「え、いいですよ、そんな」と伽耶が遠慮するので心が痛い。

「いや、ほら、迷惑かけたしせめてっていうか……それに伽耶も荷物多いし……」

今日で学校が最後だからだろう、あれこれ持ち帰るための大きめのバッグも提げている。

「……そうですか。……わかりました。お願いします」

肩からベースケースを外し、僕に押しつけてくる。受け取って腕を通した。伽耶の表情はまだ硬いままだ。

「じゃ、いきましょう。門の前で長話してたら怒られます」

伽耶が言って、駅の方へと歩き出そうとする。

「待って待って伽耶ちゃん、胴上げしないの」

「しませんよ！　恥ずかしいですから！」

「でも卒業式らしいことなにもしないのも寂しくないですか。今日でもうこの学校とはお別れなんですよね？」

詩月が言うと、伽耶は肩越しに校門をちらと見てつぶやいた。

「……べつに、いいんです。『修了』で。……良い思い出もないし、仲良かった人もいるわけでもないし」

ほんとうだろうか、と思う。

だって、伽耶の足は止まってしまっている。歩道の先へ向かおうとして、三センチずつくらいしか進んでいない。顔もうつむいたままだ。

たとえ良い思い出がないにしたって、三年間を過ごした場所に、こんな息苦しいほど色鮮やかな花の雲の下で背を向けて歩き出そうとしているのだ。なにも想っていないわけがない。

でも、僕らがどうこう言うべきことでもなかった。僕らには共有し得なかった、伽耶の三年間だ。黙って去るというのなら、寄り添って歩くしかない。

そのとき——


「志賀崎——ッ！」


背後からの声に、伽耶はびくりと立ち止まった。

固まってしまった彼女の代わりに振り返ると、校門からばらばらと走り出てこちらに向かってくる大勢の制服姿が見える。詰め襟とセーラーの濃い紺色が視界をふさぐ。

「志賀崎さん、なんですぐ帰っちゃってんの！」

「式終わって即とかおまえ」

「あっバンドの人？」

「マジで」

「いつも観てます！」

「サイン——」

「そんなことやってる場合じゃないって！」

校門前の歩道はにわかに騒がしくなり、伽耶もおびえたように背を丸めたまま振り向いた。追いかけてきた生徒たちは十人以上――いや、二十人、あるいはもっとか。歩道の幅に対して人数が多すぎて後ろの方が見えない。

伽耶のクラスメイト、だろうか。

なにかを察した朱音が、伽耶の背中をそれとなく押して生徒たちの前に立たせる。伽耶は居心地悪そうに塀の方を向いている。

眼鏡をかけた真面目そうな小柄の女子生徒が一歩前に出てくる。ラッピングされた正方形の紙を胸に押しつけるように抱えている。

「志賀崎さん今日で終わりでしょ、うちらとちがって！　さらっと帰らないでよ！」

ぷりぷり怒っているのは半分以上演技だとわかる。

伽耶は顔をそむけたまま気まずそうにつぶやく。

「……だって、式終わったし、その後はべつになにもないし」

「なにもないとさみしいからなんかやろうって話してたの！」

女子生徒は手にしたものを伽耶に向かってずいと差し出した。

「はい、これ！」

色紙だった。

中央には『3年1組より　志賀崎伽耶ちゃんへ　卒業おめでとう！』と大きく書かれ、そのまわりを筆跡もペンの太さも様々なメッセージが放射線状に囲んでいた。

色紙を目にした伽耶は、呆然となって顔を持ち上げ、女子生徒を、その後ろに詰めかけている大勢のクラスメイトの顔を見やった。

唇が震えている。瞳は水底に沈みかけている。

受け取らないのではないか、と不安になった。

でも、気の遠くなるような間の後で、伽耶はおそるおそる両手を持ち上げ、色紙の端をつまんだ。

女子生徒の顔に安堵の色が広がる。

「卒業おめでと」

おめでとう、を三十人近くから浴びせられる中で、伽耶は再び色紙に目を落とす。

桜色の魔法に彩られた素直な応援の言葉たちが踊っている。

『新しい学校でもがんばって』

『ライブぜったいいくから』

『映画みたよ！　次は目指せ主演！』

『文化祭とか遊びにこいよ』

『三年間ありがとう』

『ハリウッド行け』

色紙の端がかすかに震える。

隅にしずくがひとつだけぱたりと落ち、文字がにじんだのに気づいたのは、僕だけだっただろうか。

やがて塀の向こうからチャイムの音が聞こえてくる。

「あ、やば、時間」

「志賀崎さんごめんね！　うちらこれから高等部の方で説明会だから」

「じゃあね」

クラスメイトたちはばらばらと校門の方へ駆けていく。

「元気でね！」

「バンドもがんばれよーっ！」

「文春に気をつけろよ！」

騒がしい足音がすっかり門の向こうに消える。

車の排気音が沈黙を埋める。

伽耶は寄せ書きの色紙をきつく胸に押しつけ、うつむいていた。

その隣に詩月がそっと歩み寄り、頭の後ろに腕を回し、髪に優しく指をくぐらせる。伽耶は詩月の胸に顔をうずめた。

「……すみません、先輩」

「いいんですよ」

「すぐ、ひっこめますから」

「しばらくこのままでいいんです。大丈夫。だれも見てませんから」

「……今日、ライヴだし。……わたしもメイン歌うのあるし。……こんな、声じゃ」

ぐずぐずになった伽耶の声の合間に、嗚咽の音が挟まる。

「……だめだから。喉も、鼻も、腫れちゃって、こんなんじゃまともに……歌えないので。もうちょっと……すぐ、おさまるので。ごめんなさい。……ごめんなさい」

詩月は伽耶の髪をなで続けていた。

しばらく後で、曇り空にちぎれ目ができ、桜色に染まった陽光がこぼれ落ちてきて伽耶のセーラー服の襟をやさしく燃え立たせた。

既読がついているかどうか確認するのは一日に二回までにしよう、と決めていたのに、新宿に向かう電車内で、ついスマホでＬＩＮＥを見てしまった。今日これで三回目だ。

時間が凍りついたままの『みさお』とのトークルームをそっと閉じて、スマホをポケットに戻す。

他のみんなは——車両の真ん中あたりで吊革につかまり、伽耶を囲んで談笑している。伽耶もすっかり泣き止んで元気そうに笑っている。スマホの画面を盗み見られたりはしていないようだった。そっと息をついて、ドアに身をもたせかける。

走り続ける列車の窓の外にも、ときおり桜色が差しては流れ去っていった。

既読がつかなくなってからもうすぐ二週間になる。

あの人がいなくても——夜は明けるし、花は咲くし、春はやってくるし、歌は唇からこぼれ出る。三角のボタンを押せばピアノロールは勝手に回り続ける。

華園美沙緒という女性は実は存在しなくて最初から僕の妄想だったんじゃないだろうか、なんてことまで考えてしまう。

車窓に額を押し当てた。

今は忘れよう。伽耶のためのライヴだ。

そうして、『今』がどんどん延びていって、やがて僕の一年を埋め尽くす。ほんとうに忘れられる日が来る。そういうものだろうか。

背中にのしかかった伽耶のベースギターの重みが、そのときはありがたかった。なにも背負っていなかったとしたら、僕自身がそのままぬるっとドアをすり抜けて車外にこぼれ出て風にまぎれてどこかに飛んでいったかもしれない。

やっぱり重荷も必要なときは必要なのだ。魂の重量なんてたったの21グラムしかないのだから、地表に留めるにはあまりにも軽すぎる。


『ムーン・エコー』に着くと、スタッフが僕らをすぐに見つけて駆け寄ってきた。

「お疲れ様です！　すぐセッティングお願いできますか」

地下のライヴスペースは、すでにステージ上にドラムセットとキーボードとアンプ類が置かれ、配線もあらかた済んでいた。客席の空間はがらんとしていて、三脚にのったカメラだけがぽつんとステージを見つめていた。撮影スタッフも僕らの姿を見て挨拶してくる。

「今日はよろしくお願いします」

会釈を返した僕は、見回して訊ねる。

「黒川さんは？」

「ああ、それがですね」と古株スタッフの一人が照明の調整をしながら言う。「ついさっきなんですけど、出てっちゃったんですよ」

出てった？　僕らバンドメンバーは顔を見合わせる。

「なんか電話で揉めてたけど。すごい怒ってて」

「その後すぐ飛び出してって」

「困るんですけどねえ。電話つながらないし」

「車で行っちゃったみたいだから電話出られないかも」

他のスタッフのみなさんも困った顔で口々に言う。だれひとり事情を知らないようだった。今日の演奏動画撮影は黒川さんに頼まれたことなのに、そんな無責任な。

「段取りはもうできてるんでオーナーがいなくても進められるんですけどね」

「ていうか進めないとまずい。この後も予定詰まってるから」

「マイクチェックお願いします！」

ＰＡブースから声をかけられる。僕はセットリストのコピーをＰＡスタッフに渡し、ステージに上がって同じものをモニタスピーカーやキーボードの横に貼り付けていった。既存曲が五曲に新曲が二曲。客を入れるわけではないのでＭＣは一切なし。アンコールもなし。

無観客でよかった、と安堵している自分に気づく。

無観客なら今の状態でもなんとか演れそうだ。何百人分もの歓声と拍手を真正面から受け止めるエネルギーは、今の僕にはない。

「お客いないってなるとモニタの返り控えめにしとかないとだねえ」

「ホールの鳴りも全然ちがうんですよね。人の身体ってものすごい吸音材だから」

「あっ、はい、四弦と五弦どっちも使うので、はい、セッティングも変えます、お手数ですけどお願いします」

「ストリングスはパンも微調整したい。村瀬くんちょっとキーボード受け持って。真正面で聴きたいから」

四人はそれぞれ入念にサウンドチェックをしている。僕も今日はベースを伽耶に任せて隙間を埋める役に回り、エレアコだのハーモニカだのマラカスだの様々な楽器を扱うため、かなり手間取った。余計なことに気を回すひまがないのはありがたかった。

やがてホールの照明が落とされる。

「OKです」

「スタンバイOKでーす」

暗がりのあちこちから声が飛ぶ。

「じゃ、PNOさん、録画は後で編集しますんで失敗してもいいですし、MV撮るわけでもないので喋ったりとか全然大丈夫ですので」

カメラの向こうで撮影スタッフが言って手を振った。

「始めてください！」

朱音はPRSのネックを握ったまま振り向いて照れ笑いした。

「さらっと始めろって言われてもなんか調子狂うね？　お客いないし」

詩月はスティックを束ねて両手で持ち、大きく伸びをした。

「リハのつもりで、というのも気合いが入りません。練習は本番のように、本番は練習のように、っていいますけど、これじゃ中途半端です」

そこで凛子がステージの逆側の伽耶を見る。

「なにか締まるような一言ちょうだい。伽耶のための卒業公演なんだし」

「えっ、わ、わたしですかっ」

伽耶はあわてふためいてネックをスタンドにぶつけそうになる。

「ええと、そ、それじゃ、……卒業しましたっ！　ありがとうございました！」

朱音が大笑いしてドラムセットを振り返る。詩月の両手のスティックが持ち上がる。

「あはははははなにそれ！」

4カウントが打ち鳴らされた。

こんなにゆるみきった始まり方なのに、それでもピアノが分厚い八重和音を軋ませながら高速で走り出すと、僕らは張りつめた向かい風の中にあっという間に引きずり込まれる。不揃いな三十二分割のビートが呼吸のたびに僕の全身の細胞に痛いほどの熱を送り込んでくる。眼球の表面で火花が躍る。

置いていかれる……。

予感が僕の臓腑を凍らせる。ハイハットにスネアが挟み込まれる。伽耶のステップがオクターヴ下がって腹を抉るようなキックに変わる。だめだ。今の僕の温度ではアンサンブルの中に飛び込んだとたんに弾き落とされる。もっと。もっと熱く。ピアノリフの上に雷光の雨が降り注ぎ始める。朱音の握りしめたピックが六本の弦の上を跳ね回っている。クリーントーンだった分散和音がワンフレーズ繰り返されるたびに歪みを増していく。

一粒残らず飲み干してやろう。血管に受け入れて、血を酸に置き換えていく。内側から焼くんだ。燃やせるものはもう他になにも残っていないから。もうすぐだ。先を走る四人の背中が近づいてくる。跳び移るチャンスは一瞬だ。息を詰めてワッシュバーンのネックを握る。

近づいてくる——すぐそこに——

シンバルクラッシュが弾けた。一瞬、天地がどちらかもわからなくなった。ざらついたピアノの響きが頬や首筋をかきむしった。右手のピックに返ってくる弦の感触が暴風雨の中でのたうち回るザイルみたいだ。

ノる、という言葉は一体いつだれが使い始めたのだろう。

これほどまでに音楽体験を的確に表した言葉が他にあるだろうか。

リズムというまぼろしの鼓動を共有して音を重ねるとき、僕らはたしかに別のだれかにとっての乗り手となり、車輪となり、また轍となるのだ。

今の僕は、ただバンドにしがみつき、風に逆らって運ばれていくだけ。乗っているだけで精一杯で、余計な想いは風が残らず剝ぎ取っていってくれる。朱音がこちらに一度だけ視線を流し、口の端で微笑み、僕のストロークにぴったり合わせて足を一歩また一歩と進めてマイクスタンドに顔を寄せた。

歌声で、僕は引き裂かれそうになった。

もう僕自身なんて薄い膜しか残っていなかった。吸い込んで溜めた熱気でなんとか僕の形を保っているだけだった。ほんの少しの破れ目でも、そこから中身がみんな漏れ出て潰れてしまう。堪えて、踏みとどまって、自分のミュートカッティングのリズムをひたすら維持することだけに意識を振り向ける。

このまま全部ぶちまけて潰れてしまおうか、という思いが抑えきれない。

だって、こんなにも気持ちいいのだ。屈して、投げ出して、支配されてしまいたい。

今ここで凪に抗うのをやめてルーフの染みになったところで、身体が勝手にコードを刻んでくれるだろう。乗れているのだから。

伽耶の声がさらに高みに放り上げられる。

光が僕の目を突き刺す。

スポットライトだ。僕の顔を一薙ぎして、ステージの真ん中で歌声をからませている二人の少女に注がれる。

ちくちくと痛み続ける目で、あらためてホールを見渡す。

がらんどうだ。真ん中にカメラがぽつりと立てられ、スタッフが二人その後ろに控えているだけ。ＰＡブースとドリンクカウンターに青いかすかな灯がともり、エレベーターに続くスロープの先は暗闇に沈んでいる。

トンネルみたいだ。

走り抜けた先にはなにがあるだろう。線路の両脇を埋め尽くす桜だろうか。屍から血を吸い上げて夜空を美しく色づかせているだろうか。そんな景色の中なら、どこまでも走っていきたかった。僕の想いに応えるかのように、詩月がまったく息をつく間を入れずに次の曲を走らせ始める。加速度が胸を痛打する。

僕はずっと、なにかのための音楽が嫌いだった。

リラックスするためにアダージョだけ集めたアルバムとか、落ち込んだときにアゲるためのプレイリストとか、胎教のためのモーツァルトとか、そういうのが大嫌いだった。

音楽は純粋に音楽としてあるべきで、便利遣いされたくはなかった。

でも僕は間違っていた。奏でるのも受け取るのも生きた肉体を持った人間なのだから、なんのためでもない純粋な音楽なんてあり得ない。僕らはどうしたって音楽に酔いしれて、溺れて、塗りつぶされて、自分ひとりではたどり着けない場所に連れていってもらおうと心の一部をちぎり取って託す。もっともっと強く、高く、深く、笑いたいことや泣きたいこと、忘れたいことや忘れたくないことのために。

だから今は受け入れて、忘れよう。

朱音が旅立ちの歌の最後の一節を染み込むようにマイクヘッドに吐きかけ、振り向いてオープンコードを静かに掻き鳴らした。

残響が手足の指の先、毛細血管の一本一本にまでたどり着いて震わせる。

視界の端で、セットリストを書きつけたコピー用紙が揺れている。セロファンテープでモニタに貼り付けただけだから、はずれかけているのだ。

ホールをもう一度見やる。カメラのそばの人影が一本指を立てた手を高く持ち上げた。振り向いた朱音がうなずく。あと一曲。

あと一曲で終わってしまう。

視線がステージの向こう側、伽耶に集まる。

今日で最後のセーラー服の紺地に、リボンタイの紅色が燃えるように映えている。

伽耶は張り詰めた面持ちで朱音と目を合わせ、それから少し視線をずらして僕を見る。離れているのに瞳の中を間近からのぞき込まれた気分になる。ちゃんとうなずき返せたかどうか自信がない。

月曜日に生まれたばかりの真新しい歌。まだ一度しか合わせていない、鉄の削り屑やワックスのにおいの残った歌。ベースがハイポジションで刻む八分でそっと始まる。僕は指弾きの柔らかいトーンでアルペッジョを沿わせる。エレクトリックピアノの眠たげなつぶやきがいつの間に染み出てきたのか、僕にもわからなかった。アンサンブルが滲みながら塗り広げられ、詩月の刻むリムショットが儚げな輪郭を描き加える。

伽耶がマイクスタンドに唇を寄せた。

息づかい、そして——

僕はもうほとんど泣き出しそうになっていた。

思えば、朱音の声は僕の理想だった。ずっとたどり着きたいと望んでいた場所。でも伽耶の声はちがう。望んでも届かない数万マイルの空の彼方から降ってくる。憧れさえ抱けない。ただ涙がこぼれ落ちないようにと仰ぎ見て、受け止めるしかない。

なぜ卒業の歌なんて書いてしまったのだろう。求められるままに、どうしてこんなにも鮮やかな散華の景色をそのまま楽譜に焼きつけてしまったのだろう。落日の色をした伽耶の声が、他のどんな歌よりも映える。

ほんとうはコーラスで僕がハーモニーに加わるはずだった。でも喉は熱いものでふさがれていて歌うどころか息をするのもやっとだった。同じステージの向こう端なのに、伽耶を遠く遠く感じた。これから新しい光の中へと飛び立っていく彼女を、僕は見送るだけだ。薄紅の花びらが時雨れ、深紅のリボンが幾筋も幾筋も高くほうり上げられ、生徒たちの声が投げ交わされる。そんなまぼろしが僕のまぶたの裏側を焦がした。

いつの間にか閉じていた目を開く。

からっぽのホールは、さっきよりもずっと広く、寂寥として見えた。伽耶の切ないまでに澄んだ歌声がいっぱいに響いているせいだろうか。スローテンポの曲に合わせて海を思わせる暗い青の照明が揺らめいているせいだろうか。あるいは——

僕の視界が、にじんでぼやけているせいか。

三度目のコーラスでようやく声が出せる。焼き切れかけたぼろぼろの声。オクターヴのユニゾンで朱音が僕の手を引いてくれる。

からっぽでいいんだ、と思った。

たとえここに立っているのが人間の形をしたうつろな泡だとしても、その形が僕自身だ。僕という輪郭で縁取られたからっぽを、今は愛そう。他になんの力がなくとも、音を響かせることだけはできる。

高く高く延べられた伽耶の声をギターソロが引き継ぐ。

競うようにしてピアノが雲の階段を駆け上がる。

詩月がライドシンバルをゆったりと刻みながら、左手のスティックをウィンドチャイムにくぐらせる。暗闇に星が散る。

ようやく、息ができる。ロングトーンで空間を埋めながら、歌の余韻をいつまでも惜しむかのような朱音と凛子のソロの睦み合いに聴き入る。アンサンブルが静まっていくにつれ、僕自身の空虚とホールの空虚とが近づき、同化していく。

最後に長くたなびく残響の中、伽耶は振り向いた。

合図らしい合図はなにもなかった。

ただ僕らは青い薄闇の中で視線を交わしただけだった。

それでも、同じ場所にたどりついて響きを止めた。気づけば足下が真っ白な砂地で、顔を上げると目の前は海だった——そんな終わり方だった。

しばらく、だれもなにも言わなかった。

しびれが指先にもこめかみにも残っていた。照明も水底の青のままだった。楽器をスタンドに置く気にもなれなかった。

ややあって、まばらな拍手が暗がりから聞こえてくる。

「——最高でした！　収録も問題なしです、おつかれさまでした！」

カメラスタッフが大きく両手を振って言った。

終わった——のか。

終わった実感がまるでない。客がいないせいだろうか。歌の余韻をあっという間に浸食する騒がしさが、夢と現実の継ぎ目になってくれていたのに、今はそれがない。詩月はスティックを握ったままの両手を力なく膝にのせて放心している。凛子はキーボードスタンドに手をついてうつむき、荒い息をついている。朱音はギターを背中側に回して天井を仰ぎ、汗ばんだ額をタオルでぬぐっている。

伽耶がバンドメンバーの顔をおそるおそる順繰りに見やってつぶやく。

「……どう、でしたか？　新曲……わたしとしては、けっこう演れたんじゃないかと……」

「うん。最高だったよ」と朱音が心地よくくたびれた笑みをみせる。

「やっと曲になった。ライヴ中に。不思議」と凛子は鍵盤を指でたどる。

「伽耶さんの歌、でしたね。PNOではなく。求めていたのはこれだったんですね」詩月が染みる声で言って微笑む。

僕は黙ってうなずくことしかできなかった。うまく笑えもしなかった。

この空気は——いけない。ホワイトノイズが僕らをやさしくくるんでいて、火照った肌が少しずつ冷えて、機材を片付ける気忙しい音だけが遠くから聞こえていて、灯りも無表情なボーダーライトだけになる。

こんな空気では、正直な言葉がこぼれ出てしまう。

「……聴かせたかったたね」

朱音がそうつぶやいて、マイクスタンドの角度を直した。

「……ええ。ほんとうに」

詩月はやっとスティックをそろえてスネアドラムの上に置く。

凛子は小さくうなずいてKORGの電源を落とした。

伽耶だけは不思議そうな顔をしている。

聴かせたかった。

口にしてはいけない言葉だ。

でも、いちど形にしてしまえばもう留めようがなくなる。

からっぽのホール。

もうカメラも撤去され、足音は遠く、暗闇は色を失い、空虚さがいっそうはっきりと僕らに突きつけられる。

いない。

だれもいない。

あの人はここにいない。

想いがなにがしかの力を持てるのはこちら側だけで、境目を踏み越えてしまえば、向こうにあるのはよそよそしくて圧倒的にソリッドな現実だけだ。

しかたない。歌が終われば、現実の音が流れ込んでくる。そういうものだ。

僕はうまくギターをスタンドにおろせるだろうか。スタッフのみなさんに挨拶をしてビルの外にちゃんと出られるだろうか。自動改札をつっかえずに抜けて電車に乗れるだろうか。家に帰ったら夕食を摂って、風呂に入って、眠って——起きて……また新しい日を迎えて、なんてことない顔で五線ノートを広げて次の歌を書けるだろうか。なにもかも忘れたふりをして、次の歌を、また次の次の歌を——。

わからなかった。

息をつき、肩に食い込んだストラップに親指を差し込んで持ち上げようとしたときだった。

いらだたしげな声が暗がりの向こうから聞こえた。

「――だから！　もう収録終わっちゃいましたよ、どこ行ってたんですかっ？　今？　いや、とにかく――」

ライヴスペース担当のチーフだ。ばたばたとＰＡブースから走り出てくる。手に握りしめたスマホの光が尾を引く。駆けていく先に小さなオレンジ色の光点が浮かび、ぽおん、という無機質な電子音が響く。エレベーターが到着したのだ。

闇の奥にまっすぐな光の縦線が走り、割れる。

開いたドアから洩れる逆光の中、不思議な形の人影が立っている。背の高いつるりとした短髪の女性――黒川さん――だけれど、足下になにか大きな……幅の広い……

チーフがなにか言った。手を振って答える黒川さんの顔はよく見えない。それから、長方形に切り取られた光をくぐり抜けて滑り出てくる。不思議な形の影のままで、ゆっくりとスロープを下り、ホールにわだかまる薄闇を抜け――

フレームがかすかな光をはじく。

車輪の回る音は雨戸越しのささやき声のようで。

ホールの真ん中で黒川さんの手を離れ、ステージからの光が届く場所まで進み出てくる。

車椅子だ。

痩せて骨張った手がリムをたぐる。僕らに近づいてくる。

もう、顔も見える。柔らかな栗色の髪も、夜明けの空の色をした瞳も――

「……ほらぁ黒川！」

いきなり後ろを振り返って不満げに言う。

「みんな微妙な顔しててんじゃん、いきなり連れてこられたから髪もばっさばさ顔もぼろっぼろだし、服もこれ寝間着なんだからね？　あたしはみんなの中じゃパーフェクト美人教師っていう認識なんだからもうちょっと」

「うるせえ馬鹿」

車椅子のすぐ後ろまで大股で寄ってきた黒川さんが苦い顔で言った。

「くだらない見栄張んな。退院きまったらすぐ知らせろっつったろ」

「ほんとに退院できるかぎりぎりまでわかんなかったの、色々あるんだよこっちも」

「……美沙緒さ——んッ」

朱音が壊れそうな声をあげてフットライトを跳び越え、車椅子に駆け寄って足下にすがりついた。背後で甲高い音が響く。詩月が立ち上がった拍子に椅子が倒れてスティックが床に落ちたのだ。でも彼女もかまわずに朱音に続いた。凛子も目を見張ったまま頼りなげな足取りでステージを降り、一歩また一歩と車椅子に近寄る。

「……み、さおっ、さっ、え、ぅ……」

膝をついて抱きつき、毛布に顔をうずめる朱音の声は、嗚咽に呑み込まれてほとんど聞き取れなくなっている。痩せ細った手がその髪をなでる。

「……先生、……よかった。……ほんとうに、よかったです」

詩月も声を震わせて、朱音に寄り添うようにひざまずく。

その背中に凛子がまた一歩近づく。

「お元気そうですね」

凛子の声も心なしか湿り気を帯びている。どんな顔をしているのか、まだステージに立ち尽くしたままの僕からは見えない。

「そんなに元気いっぱいってほどでもないんだけどね。なんとかね。心配かけてごめんね」

「わたしはべつに心配していませんでしたけれど、村瀬くんがひどいものでした」

ようやく、僕に目が移された。

懐かしい、いたずらっぽい微笑み。放課後の音楽準備室。コーヒーと古い紙のにおい。窓越しに校庭から響いてくるだれかの呼び声。楽譜をめくる音。光も色もたくさんの想いも、みんなあふれ出しそうになる。

唇がわななく。こらえきれそうにない。もうこらえる必要もないのかもしれない。

「……ムサオ、久しぶり。逢いたかったよ」

こんなとき、僕は——

やっぱり皮肉しか言えないのだ。

「……遅すぎますよ。もう全曲演っちゃいましたよ」

あは、と華園先生は目を細めて笑う。

「ごめんね。ていうか、来る予定はなかったんだけどね」

朱音の髪にいとおしげに指をくぐらせながら、肩越しに背後の黒川さんを見やる。

「電話しただけなのに、いきなり車飛ばしてきて拉致されて。びっくりした」

「ていうかなんで最初に私に連絡するんだ」

黒川さんは苦い顔で言う。

「あー、うん。ごめんねムサオ連絡つけられなくて。そろそろ退院ってなったから荷物まとめたんだけど、間違ってタブレットも実家に送っちゃってさ。そしたら土壇場でちょっと追加検査で退院延期になったりして。しかもあたし入院長くなるかなって思ってスマホ解約しちゃってたんだよね。『ムーン・エコー』に電話するのしか思いつかなくてさ」

それで——か。LINEにずっとログインできなくて、今、やっと……。

僕は唇を噛み、うなずいているのか首を振っているのかよくわからないしぐさを返す。

「もうちょいましなかっこうで逢いたかったのに、まさか拉致られるなんて思ってなかった」

「馬鹿。せっかく——」

黒川さんは言いかけたなにかを噛みつぶしてそっぽを向いた。

そこで僕は気づき、ライヴスペースを見回す。ステージもホールもほとんど変わっていない改装工事。ただ、エレベーターが広くなり、段差にスロープがついた。

黒川さんと目が合う。

気まずそうに顔をしかめる。察したらしい。

「こいつのためじゃないからな？」と華園先生の頭を平手でぱんと張った。「バリアフリーは最近じゃ常識だろ」

そういうことに、しておこうか。今は。

だって、帰ってきてくれたのだ。ああ、だめだ。まずい。気を抜いたら、またあふれてきてしまいそうだ。先生にみっともないところは見せられない。

と、朱音がいきなり先生の身体から離れてこっちを向いた。べそべそに泣き腫らした顔で、それでも笑って言う。

「ごめん、真琴ちゃんも抱きつきたかったよね？　替わる？」

「朱音さんっ、なにを言い出すんですかッ」詩月がいきり立つ。

「性犯罪。おまけに先生は病み上がり。二重に犯罪」と凛子が腕組みして言う。

華園先生は天井を仰いで声を立てて笑った。

そうしていると、以前とまるで変わらないように見える。ほんのひとときだけ。

「このノリ、ほんと久しぶり。みんな変わってないなあ」

変わっていない。僕らは、たぶん。だってほんの九ヶ月だ。

先生は――

「……先生も、……あんまり変わってなくて、……よかったです」

やっとそれだけ言えた。華園先生は苦笑して車椅子を前後に揺する。

「ムサオ、今のは全然だめ。心にもないこと言ってるのが丸わかり。変わってないわけないでしょ、こんながりがりなんだから。こういうときはね、下手に嘘つかないで、でも少しは女心に気を遣って、『やつれてる』を『少し痩せましたね』に言い換えるんだよ」

「えええ……いや、はい、ううん……」

まさか駄目出しをされるとは思わなかった。

たしかに、だいぶやつれてはいるけれど、もっとひどい状態さえ想像していたのだ。それに比べれば。

「ムサオは、色んな意味で変わってなくて安心したよ」と先生は言って、ステージの反対端で居心地悪そうにしている伽耶にはじめて視線を向けた。「ちょっと見ない間にまた可愛い子に手出ししてるし」

人聞きの悪いこと言うな。ほら、伽耶が縮こまっちゃったじゃないか。

それから先生は笑みを引っ込め、ハンドリムに手をかけて車椅子を半歩分退がらせた。

「……邪魔しちゃってごめんね。ほーんと、なにしにきたのって感じだね」

「うちらに逢いにきたんでしょっ？」と朱音がむくれる。

「うん。……そうだね。……どうせなら生演奏も聴きたかったけどね。しょうがない」

朱音が黒川さんを見た。詩月も、凛子も同じように、華園先生の後ろに立つ黒川さんになにか言いたげな目を向けた。

黒川さんはばつの悪そうな表情で横を向いた。

少し間を置いてぼそりと言う。

「……べつに、あと三十分くらいならいいぞ」

大股でＰＡブースに向かう。

「つってってもスタッフはひまじゃないからな。ＰＡは私がやる。文句言うなよ」

「やったあ！　ありがとう黒川さん！」

朱音はステージに駆け戻ってＰＲＳをスタンドから持ち上げる。詩月もドラムセットの向こう側に戻ろうとして、ベースアンプの脇を通り抜けるときにはっと足を止める。

「すみません伽耶さん、身内で盛り上がってしまって」

「いいんです」

なにか噛みしめるように伽耶は言って、華園先生に目礼する。

「わたしも、逢ってみたかったので」

僕の家に押しかけてきたときの伽耶を思い出す。あの夜と同じ目をしている。不安げで、挑戦的で、憧れと羨望も入り交じっていて――。

肌を押し包むホワイトノイズが戻ってくる。凛子がまたキーボードの電源を入れたのだ。

たとしても全然足りないくらいだ。

「どれを演るの」

僕と華園先生の顔を見比べて言う。

さあ、なにを演ればいいのだろう。

話したいことも、聴かせたい歌も、たくさんありすぎてたとえ一晩中このホールを借りられたとしても全然足りないくらいだ。

色々なものが、記憶が、想いが、積み重なりすぎて。

「……先生が決めてください」

逃げの手を打ってしまった。

「リクエスト、聞きますよ。僕らの曲でもいいし、カヴァーでも、有名なやつなら」

「それは贅沢だね。カヴァーかぁ」

華園先生はステージの僕らをゆっくり見渡す。

「あっ、でも美沙緒さん！」と朱音が言った。「今日は伽耶ちゃんのための卒業ライヴだから、卒業っぽい曲にしてね！　美沙緒さんがわがまま言っていい日じゃないから」

「いえっ、わたしはべつに、そんな」

「だめだよ伽耶ちゃん、ここはびしっと言っておかないと。美沙緒さんは甘やかすと際限なく調子に乗るからね」

「卒業っぽい、か」

口元に手をあてしばらく考えた華園先生は、ふと僕の方を見る。

正確には、僕の背後にあるもうひとつのギタースタンドに。

「ムサオ、アコギも持ってきてるんだ」

言われて僕は背後を見る。マーティンＤＣ28Ｅがスタンドに立ててある。

「ええ。今日はベースを伽耶に任せられるんで、僕はサイドで色々やれるので」

「じゃあCoccoの『Raining』」

僕は口をあんぐり開けて数秒間固まった。

「……あ、あれ卒業の歌じゃないでしょ？」

「ええー？　学校生活を後から振り返ってる歌詞じゃん。卒業の歌だよ」

「いや、それはそうですけども！　あれたぶん卒業してませんよ、中退か不登校でそのままかどっちかですよ！」

「ムサオの解釈は暗いなあ。性格がにじみ出るよね」

「いいじゃん演ろう演ろう。あたしあの曲大好き」と朱音はペグを回し始める。

「ストリングスとオルガン？　ハモンドでいい？」と凛子もシンセを操作する。

「タンバリンほしいですね。いま取り付けますね」と詩月も準備に取りかかる。

「ううん、でも、僕らは曲知ってても伽耶が知らないんじゃ――」

「五弦の方がいいですよね、何カ所か下のＤとＣがほしいとこがあるし。半音下げます？」

めっちゃ知ってた。

「母がCocco好きなんですよ。よく聴いてました」

伽耶の言葉に、華園先生は片手で顔を覆って呻いた。

「母親が聴いてた、とか言われると年齢差を突きつけられて凹むよ……」

「大丈夫だよ美沙緒さん、伽耶ちゃんのお母さんってあの黛蘭子だから！　どうかすれば美沙緒さんより若く見えるからね！」

「朱音さん、それフォローになっていません」

「むしろ追撃してる。さすが朱音」

先生は車椅子で身をよじって笑い、伽耶は恐縮しながらチューニングを続ける。

このノリは、ほんとうに——久しぶりだ。

バンド内で似たようなことを毎日やってきたけれど、やっぱり、先生がいるとちがう。なにが、とは具体的に言えない。とにかく。

帰ってきたんだ。

堪えている顔を見られないように僕は先生に背を向け、ワッシュバーンを下ろし、代わりにマーティンを取り上げて肩にかける。

過ぎていった時間を詰めて過去を現在に少しずつ近づけるみたいにして、ゆっくりと半音下げの調弦をする。

Cメジャーの和音をざらりと鳴らして響きを見届ける。

振り向いた。

朱音と視線を合わせる。

うなずき合い、ギターのボディを指先で叩いて4カウントをとる。

お互いがそこにいることを不安げに確かめ合うような、アコースティックのストロークだけの歌い出し。ひとりきりで夕暮れの中をさまよう。

かすかに、自転車のベルの音。

……ちがう。これはタンバリンだ。同じ街のどこかの路上でためらいがちに転がり、つぶやき、響いている。

コーラスでPRSの厚いクリーントーンが、そして僕と伽耶のヴォカリーズが加わって、朱音の歌声はもう直視できないほどにまばゆく澄み切っていく。

木洩れ陽みたいなオルガンのトレモロに呼ばれて、二巡り目からベースとドラムスが僕らの輪に加わる。

たしかに、これは卒業の歌なのかもしれない——と思う。

校門前の広場で集まって写真を撮ろうとすると、シャッターを切る前にだれかが交ざろうとして、笑い声が起こり、フレームにおさめようと肩をくっつけてぎゅう詰めになり、笑顔をつくったところでまた別のだれかが駆け寄ってきて入りたいと言い出し——

僕はそれを屋上からフェンス越しに眺めている。

そんな、遠い日のまぼろし。

思い出せないほどの昔か、知りようもない未来か。

朱音がエフェクターのペダルを踏み込む。マーシャルアンプが驟雨に濡れる。

歪んでひび割れた音の一粒一粒が陽光の中で砕けて消える。朱音と伽耶の声は絡まり合いながら桜色の雲を引き裂いて飛び続ける。オルガンとシンセストリングスがその後を追い、最後のリフレインに渦を描いて巻き込まれる。

ベースさえも情動のままに、宙を巡り、歌っている。

ほんとうに哀しいときは泣くこともできない。ほんとうに嬉しいときに笑えるほど都合良くできてもいない。ただ、人と人の間にあるからっぽを人間と呼ぶのなら、歌はいつでもそこに流れ込んで、満たして、つないで、ときには境界を融かして——

またどこかのからっぽへ流れ去っていく。

もう、すぐそこにいるはずの先生の姿さえ、車椅子の青や銀と融け合ってよく見えない。

声が届いているのかどうかもわからない。ピックに返ってくる弦の感触と自分の鼓動の区別さえもつかない。リフレインのたびにベースのうねりは僕を浸す水面に広がり、複雑に響き合う波紋をつくり、空と触れ合う果てをたしかめては寄せ返してくる。

ビートが細分化され、塵に、そして霧になった。

オクターヴの間を揺（ゆ）らめいていたベースラインがやがて空の向こうに放り投げられて大きな弧（こ）を描（えが）き、雲間にまぎれた。

まどろむような残響（ざんきょう）の中で、僕はあの日の屋上を思い出していた。通り雨がコンクリートを洗い、ささやかな花が苔（こけ）と泥（どろ）の間に身を寄せ合い、教室でだれかが笑っていた。

Paradise NoiSe

8 巡り逢うときは花びらの中

校門の両脇に立つ二本のソメイヨシノは、もうすっかり葉桜だった。

春休みの間にたっぷり降り積もった花びらは入学式を迎えるにあたって昨日のうちにしっかりと掃除されていたけれど、それでも朝からだいぶ風が強かったので塀やタイルや門のレールの上に新しい花びらがちらほらと落ちていた。

「入学式が桜満開ってイメージ、もう完全にフィクションだよねえ」

二階の渡り廊下の窓から校門を見やった朱音がつぶやく。

「それとも今年は開花が早かったせいかな？　去年はまだ散ってなかったとか？　あたし入学式からすでにサボってたから知らないんだよね」

「去年も葉桜でしたよ」と詩月が笑う。「東京だとそうなりますよね。逆に卒業式は三月初めで開花がまだなので、やっぱり桜の季節ではないですよね」

「たしかに。そう考えると伽耶はラッキーだったのかも」と凛子。

卒業式がなかったせいで、桜満開の修了式にそれっぽいことをできた。まあ、ラッキーと言えなくもない。

「葉桜ってぼやけていて汚らしいって嫌う人もいるんですけれど、私は好きなんです。でも生けるのはほんとうに難しくて。まず花材としてほとんど出回らないですし」

「そういえば玄関口の花は詩月の作品？」

「はい！　伽耶さんの晴れの日ですから、気合いを入れました」

「あれすっごくよかった！　ねえねえライヴでもさ、しづちゃんのお花の腕を生かして――」

談笑する三人の足は、渡り廊下の中程で止まってしまっている。そろそろ式が始まる時間だけれど、僕らは新入生ではないので大丈夫かな、と思う。

「あっ、みんないたいた！」

廊下の向こう側から声がした。

小森先生だった。いつぞやのコンサートのときと同じ、こざっぱりしたパンツスーツ姿だったけれど、めでたい日だからなのか真珠をあしらったコサージュを胸に留め、イヤリングもつけていた。

「急いで！　式始まったら裏口も閉め切っちゃうんだって！」

先生はぴょんぴょん跳び上がりながら手招きする。

「え、のんびりしてらんないじゃん！」

朱音は駆けだした。詩月と凛子も足を速める。僕らの出番はずっと後なので、式が始まってからでもゆっくり搬入口から舞台裏に入ればいいか、と思っていたのに。

階段を下り、校舎から出ると、体育館にぞろぞろと入っていく新入生たちの最後尾が見えた。案内係の教員が僕らを見つけ、体育館裏手を指さして急ぐようにと身振りで指示する。

普通、入学式には在校生は参加しない。丸一日休みだ。

ごく少数の例外は——在校生を代表して祝辞を述べる生徒会長、案内役をつとめる生徒会役員、そして校歌を混声四部合唱で披露する有志合唱隊。つまり、僕らだ。

「すごいね。こんな遠くても一発でわかる」

「空気がちがいますね……あそこだけスポット浴びてるみたいです」

「伽耶もすぐわかる。まわりもざわざわしてる」

舞台袖から体育館をこっそり見渡しながら、朱音と詩月と凛子はひそひそ言い合っている。なんの話かと思って僕もそっと彼女たちの背後からのぞいてみたら、すぐにわかった。

整然と並べられたパイプ椅子にずらり着席している参列者たち。手前は制服姿の新入生、その向こう側は保護者席だ。志賀崎夫妻はほんとうに一目で見つけられた。舞台から見て左端の三列目だ。志賀崎京平も黛蘭子も地味で簡素なダークスーツ姿なのに、空気が歪んで渦巻いているのではないかと疑いたくなるほど目立った。

伽耶も、なるほど、すぐにわかる。一組で最前列だからというのもあるだろうが、それを差

し引いても光っている。両隣の席の男子生徒はむちゃくちゃ緊張しているらしいことが表情から伝わってくる。

それにしても、伽耶が僕らと同じ制服に身を包んでいるところを見ると、なんだか複雑な気持ちになる。うれしさ八割、くすぐったさが一割、残りの一割は——なんだろう、みんなに見せたくない、という変な独占欲だろうか？　これは胸の奥にしまっておこう。

「ほんとに志賀崎伽耶だな……」

「マジでうちの学校来たんだな」

校歌合唱隊の他の面々も僕らのそばに寄ってきて押し合いへし合いしながら席をのぞき見る。合唱部および音楽選択生有志から編成されていて、ほとんど全員が音楽祭カンタータの参加者でもあるので僕らＰＮＯとはすっかり顔なじみ。こうやって気安くからんでくる。

「村瀬くん追いかけてうちを受験したってほんとなの？」

「親公認の仲って聞いたけど」

なんでそういう根も葉も——なくもない話が広まってるんだよ！

さらに突っ込んで訊かれそうになったところで、舞台袖にいた生徒会役員から「しぃッ」と声が飛ぶ。助かった。静けさが戻ってきて、来賓の区議会議員の退屈な祝辞がたらたらと聞こえてくる。

この後、生徒会長の祝辞、そして校歌だ。

「長ったらしいねえ。新入生寝ちゃうよ、あれじゃ」

すぐ後ろで女の声がする。

振り向くと、ショートヘアに眼鏡をかけたスタイルのたいへん良い女子生徒が立っていた。生徒会長だ。

「私のは短くぴりっとまとめるからね。すぐ村瀬君たちの出番になるからスタンバっといて」

肩を叩かれる。

「あ、は、はい」

生徒会長とも文化祭や音楽祭で無理難題を押しつけ合ったのでずいぶん気安い仲になってしまった。あいかわらずざっくばらんな人だ。

「でも、村瀬君たち」と会長は僕らＰＮＯの四人を見回して言う。「校歌演りたいっていうから、てっきりなんかすごいアレンジの伴奏でもするのかと思ってたけど、普通にピアノ伴奏で歌うんだね」

「いや、さすがに入学式じゃできないですよ」と僕は苦笑する。「それに、校歌はこのアレンジだから歌いたいと思ったんです」

「ん？」

生徒会長は首を傾げ、それから僕の手にある楽譜に目を落とす。

「……ああ、そうか。そうだよね。特別な曲だもんね」

会長の指が五線譜の最上段のさらに上に記された名前をたどる。

編曲：華園美沙緒。

僕と会長の話を横で聞いていた小森先生が僕の肩をつっついた。

「そうだそうだ村瀬君、華園先輩って今どうしてるの？　退院したって電話は来たんだけど。来賓にも呼んだらしいんだけど来てくれなかったよね。具合とかどうなの、知ってる？」

この人はいつまで華園先生のことを『先輩』と呼ぶつもりなんだろう。そんなだから生徒たちからも教師扱いしてもらえないんじゃないだろうか。それはさておき。

「元気そうでしたよ。しばらく自宅療養だそうです」

「そっかぁ。よかったぁ」

小森先生は顔をほころばせる。

「早く戻ってきてくれないかな。……戻ってくるよね？」

僕は目を伏せる。

答えられない。詳しい病状を聞いたわけではない。もう教壇には立てないのかもしれない。車椅子が一時的なものかどうかも――

「華園先生が戻ってきたら小森先生は失業じゃないですか」と会長が意地悪く言った。

「ひゃっ！　そういえばっ？　……でも、ううん、戻ってきてほしいし……」

会長は肩を揺らして笑った。

と、来賓の挨拶が終わったらしく、まばらな拍手が聞こえ、演壇から区議の姿が消える。
式次第を読み上げるアナウンスが響き、生徒会長は「じゃ、いってくるね」と手を挙げた。
舞台に出ていく会長の背を見送りながら、僕は一年前のことを思い出そうとする。
華園先生をはじめて見たのは、そう、まさにこの場所、このときだ。入学式の校歌合唱。指揮者はいなくて、先生の弾き振りだった。ていうかいま思い返してみると音符をめちゃくちゃ省略しまくった手抜きの伴奏だったな。自分であんなクソ難しいピアノアレンジしといて、ほんとにあの人はもう。

『――みなさん、御入学おめでとうございます』

生徒会長の涼やかな声が響いてくる。

『これからの三年間に、希望と不安をいっぱいにしていることでしょう。三年間はあっという間です。人生百年だとしたらたったの3パーセントです。三年間ぽっちではほとんどなにもできません。それでも』

会長は演台に手をついて身を乗り出し、語気を強める。

『高校生活の三年間は、ほんとうに特別な時間です。……みなさんの後ろの方の席。どなたがいらっしゃるかわかりますね。はい。保護者の方々です。読んで字のごとく、私たちを保護してくれる方々です。私たちはまだ未成年、子供ですから。一方で――』

一年がもう過ぎてしまった。

僕はなにかをやれただろうか。パイプ椅子にぼんやり腰掛けてあくびを噛み殺している去年の僕の前に、これから胸を張って出ていけるだろうか。

『――私たちは義務教育をすでに修了しています。だから私たちがここにいられるのは、なんの義務にも依らず、ただ純粋に保護者の方々の厚意に依っています。私たちは保護され、慈しまれているんです。およそ長い人生の中でこれほどまでに、挑戦することだけを考えていればいい時間というのは、他にありません。高校生活三年間だけが、ほんとうに特別なんです』

僕らは、護られて――愛されていて。

耳を澄ませて、前を見て、自分の足で立って、歩けばいい。

『私も残り一年間、挑戦し続けます。みなさんの高校生活もまた挑戦多き三年間であるように祈っています』

大きな拍手が沸き起こる中、生徒会長は一礼し、悠然と舞台袖に戻ってきた。

待ち構えていた小森先生とハイタッチする。

「すっごいかっこよかったよ！」

「そりゃあもう。はったりかますのが生徒会長の仕事ですから。任せといてください」

それからまるでベンチに戻ってきたホームランバッターさながらに朱音や詩月、合唱隊の他の面々ともタッチやハグを交わす。最後に僕の二の腕を強く引っぱたき、ウィンクして舞台裏へと退がっていった。

拍手がすぼまり、アナウンスが校歌合唱を告げる。

指揮、村瀬真琴……ピアノ伴奏、冴島凛子……有志による混声四部合唱で――

小森先生が袖幕の陰からこちらを振り返り、ぐっと親指を立てた。

バスの男子生徒を先頭に、合唱隊は一人ずつ先生と手を打ち合わせながら舞台に歩み出ていく。テノール、詩月たちのアルト、そして朱音たちソプラノが続く。

一呼吸置いて、凛子がピアノの椅子につく。

僕とタッチするとき、先生はひどく気恥ずかしそうにはにかんだ。

袖幕から一歩踏み出そうとしたとき、最前列のずっと向こうに座った伽耶と目が合う。伽耶はぱあっと顔を輝かせ、手まで振ってきそうな雰囲気だったので全力で念を送って押しとどめた。おとなしく座ってなさい。ちゃんと前を見て。

前を見て――

息をつき、制服の襟を直す。

一歩、また一歩、僕は進み出る。

薄紅に色づく光の下へ。自分の足音に耳を澄ませながら。遠い日の面影を重ねながら。

そうして新しい季節の一巡りが、また始まる。

〈了〉

あとがき

色んなラブコメを書き続けていると、毎シリーズ直面する切実な難題があります。

主人公にいつどうやってヒロインを下の名前で呼ばせるようにするか——です。

いつまでも苗字で呼んでいたのでは親密度が高まりませんし、小説は文字だけの世界なので女の子っぽさが出ません。かといって初対面からなんの理由もなく女の子を下の名前で呼ぶような男はちょっとどうかと思います。

なるべく迅速に、かつ自然に、下の名前呼びに移行する手法が求められます。

これまで最も多用してきたのが、ヒロインに『自分の苗字を嫌う理由』がある、という手法です。苗字で呼ばれるのを嫌がるのでしかたなく下の名前で呼ぶ。本シリーズでも窪井拓斗にこの手法を使っています（男ですがまあ実質サブヒロインみたいなもんでしょう）。

他にも、同じ苗字の人間が複数登場するので呼び分けのためにしかたなく——とか、他の人が下の名前で呼んでいるのを聞いていてつられて——とか、ボーイがガールにミーツするたびに手を替え品を替えあれこれ理由をつけてきました。今まで駆使した中で我ながらいちばんすごいなと思ったのが、ヒロインが天皇なので苗字を持っていない、という理由です。

かように苦しんできた問題ですが、最近あまり悩まなくなりました。

地の文では、その女の子の名前が判明した最初期段階からずっと下の名前で表記します。当たり前といえば当たり前のことであり、読者のみなさんも当たり前に受け入れていると思われます。ところが一人称の小説では地の文は同時に『主人公の心の中』でもあります。つまり、主人公は最初から胸の内でずっとヒロインを下の名前で呼び続けており、読者もそれをとくになんの違和感もなく受け入れてくれているわけです。

だから、しかるべき期間を置いた後でしれっと『心の中での呼び方』を『実際の呼び方』にシフトしてしまえばまったく問題が起きないのです。

このシステム、おそらくほとんどのラブコメ小説家が無意識に活用しているのではないかと推測しますが、意識的に言語化しシステマイズしたのはおそらく僕がはじめてではないでしょうか。特許がとれたらとんでもなく儲かりそうなので弁理士に相談中です。

一方で、このシステムには弊害もあります。地の文＝主人公の意識上の呼び方、という図式の自然さを重要視するため、主人公が最初から名前以外の呼称で認識していてしかも親密さがとくに変化しないキャラクターは名前が一度も出てこないままなのです。そう、家族です。

ということで真琴の姉の名前はシリーズ開始当初から一切語られませんでした。出番の少ない脇役ならそれでも問題ないのですが（両親も名前が出てきませんし……）、今巻は姉にワンエピソード割くことになり、扉にも登場する運びとなってしまいました。

そもそも僕は本文に出ない情報は全然考えないたちなので、真琴の姉がどんな人物なのかも知らなかったのですが、篠アキサトさんの描く漫画版で冒頭から登場し、「こんな顔だったのか、ていうか眼鏡だったのか、かわいい……」となって今巻最初のエピソードを構想したふしがあります。

今巻は偶然にも、執筆時期と作中の季節がぴったり一致していました。なかなか春めいてくれない三月上旬の寒さを着る毛布でしのぎながら各ヒロインとのデートエピソードを書き、西武池袋のピエール・エルメ・パリに行ってホワイトデー限定マカロンを「あ、自分用ですので紙袋は要らないです」と正直に申告して周囲の客をざわつかせつつ買って帰ってきて全部ひとりで食べながらホワイトデーの章を書き、桜が咲いてあっという間に散っていくのを見ながら卒業の話を書き、葉桜の下を散歩しがてらエピローグを書きました。得がたい体験でした。

そんなこんなで頭の中が桜色に染まっていたのかもしれません。カバーイラストはどうしましょうという話になったときに、伽耶の卒業がテーマなので彼女を出してほしい、あとは桜のイメージで――とリクエストしました。

ご覧の通りの震えが来るほど完璧な今回の絵ができあがってきたので、調子に乗って追加リクエストをしてしまいました。表紙をめくったら高校の制服を着ている入学バージョンのカラー扉というのはどうでしょうかと。

いやあ、言ってみるものです。春夏冬ゆう様、そして担当編集森さま、こんなわがままを汲んでくださってほんとうにほんとうにありがとうございました。最高に幸せです。

そして、先述しましたが篠アキサトさんによる漫画版が『月刊コミックアライブ』にて連載中でございます。単行本の第1巻も、そろそろ発売となる予定です。凜子はもちろん、華園先生がとにかくチャーミングに動きまくるので、ぜひぜひ併せてお楽しみください。

たくさんの方々に支えられて、このシリーズも新学年を迎えることができました。感謝に堪えません。ここに厚く御礼申し上げます。

二〇二二年五月　杉井　光

Paradise NoiSe
CHARACTER

Paradise NoiSe
CHARACTER

冴島凛子

【サエジマ　リンコ】

Comment
杉井　光

最初に登場していちばん出番が多いヒロインということで、黒髪ロングストレートのメインヒロインっぽい感じでお願いしました。ひとつ懸念点として詩月の方も和風少女で黒髪ロングっぽい雰囲気があり、差別化が難しそうでした。

できあがったデザインを見ると双方黒髪ロング系でありながら見事にかぶりがなく、プロフェッショナルの仕事に感嘆です。

あと凛子はけっこう状況に応じてちょくちょく髪型を変えるんですね。結び方のバリエーションが豊富です。クールキャラな分、髪で感情表現しているみたいで大変お気に入りです。

Comment
春夏冬ゆう

特に悩まずデザインはできました。キャライメージもすんなり入ってると思います。

描くのはムズいです。

Paradise NoiSe
CHARACTER

百合坂詩月

【ユリサカ　シヅキ】

Comment
杉井　光

キャラデザインをお願いする前段階から、なぜか担当編集との間で「巨乳である」というコンセンサスが得られていたキャラです。第一巻の文中にはそんな描写はまったくないのですが、一体どのへんがそう感じさせるのでしょうか。不思議です。結果、たいへんたわわにしていただきました。ありがとうございます。
凛子とは別の黒髪ロング系ということで三つ編みかなにかで髪型に変化をつけるのかな、という想定でしたが、すごく「和」っぽい雰囲気に仕上げてもらいました。顔立ちも、凛子のキツネ顔に対してこちらはタヌキ顔で、色々と柔らかそうで良いですよね。

Comment
春夏冬ゆう

ヒロイン二人目にして黒髪ロングが凛子と被っててちょっと悩んだ記憶があります。
性格は違うんですけどね。

Paradise NoiSe
CHARACTER

Comment
杉井 光

明るめの短髪、ホットパンツにタンクトップで太ももや脇が無防備、と三人の中ではいちばんはっきりとビジュアルイメージを明示してお願いしたキャラです。胸は、設定上は凛子よりも少しだけあるのです。凛子と大して変わらないかむしろ凛子よりないように見えるかもしれませんが、これは春夏冬さんの趣味で加えられた「ノーブラ」という設定のせいです。多分。
ホットパンツを愛用していることに加えて、だぶっとしたシャツをよく着ているせいで、下もなにもはいていないみたいに見えるシーンがとても多く、これまたお気に入りです。

Comment
春夏冬ゆう

何度描いてもしっくりこなくてメチャクチャ悩みました。
というか未だに悩んでるので毎巻、色々実験してます。

宮藤朱音【クドウ アカネ】

Paradise NoiSe
CHARACTER

志賀崎伽耶

【シガサキ　カヤ】

Comment
杉井　光

おそらく最もデザインが難航したキャラです。登場した巻からいきなり受難の連続なので、春夏冬さんの同情と愛情が一身に注がれ、結果ものすごいメインヒロインオーラを纏うデザインが生まれました。
まず後輩っぽさが必要で、ロングヘアがすでに二人もいるので髪型にもなにか別方面のフックを入れなければならず、芸能人オーラも出さなければならず、杉井の執拗な「中学生にしては発育が良い」という描写により胸も盛らなければならず、制服も新しくデザインしなければならず……とたくさんのハードルが立ちはだかったことと察します。

Comment
春夏冬ゆう

何度描いても（略）追加で具体的なイメージをもらいました。
もらったら秒でデザイン終わりました。理解。

Paradise NoiSe
CHARACTER

華園美沙緒

【ハナゾノ ミサオ】

Comment
杉井 光

先生には確たるビジュアルイメージがなく、完全に春夏冬さんに丸投げしてデザインしていただきました。生徒に人気の美人教師、が完璧に具現化されています。出番が非常に少なく、イラストは１巻にしか出ていなかったにもかかわらず、４巻の表紙（しかもあのアングルですよ）で読者の方々の視線をすべてかっさらっていったようで、さすがの強さ！ でした。

Comment
春夏冬ゆう

華園先生も悩まず。ズボラな言動もしそうな音大卒女子のイメージでデザインしました。
真琴同様役割的に強デザ。

Paradise NoiSe
CHARACTER

村瀬真琴

【ムラセ　マコト】

Comment
杉井　光

主人公ですが、中性的、という以外は特に具体的なものもなく、かなりお任せでお願いしました。後日、最初にいただいた「作品イメージラフ」という画像が、そのまま１巻のカバーイラストのラフでした。続いて各キャラの個別ラフが順次送られてきたのですが、「作品イメージラフ」のセンターですさまじいメインヒロインオーラを発しているセーラー服の娘だけがいつまでたっても送られてこず、これは一体だれなのだろうと数日間頭を悩ませたものです。
正体が真琴であると気づいたときの衝撃を、読者のみなさんにも共有していただけたらと思います。

Comment
春夏冬ゆう

指定では黒髪でしたが、主人公だし白髪で！（？）と言って出しました。あとバンドマンは前髪がうざいんだ。

◉杉井　光著作リスト

「火目の巫女　巻ノ一〜三」（電撃文庫）
「神様のメモ帳1〜9」（同）
「さよならピアノソナタ」シリーズ計5冊（同）
「楽聖少女1〜4」（同）
「東池袋ストレイキャッツ」（同）
「夜桜ヴァンパネルラ1、2」（同）
「恋してるひまがあるならガチャ回せ！1、2」（同）

「楽園ノイズ1〜5」（同）
「すべての愛がゆるされる島」（メディアワークス文庫）
「終わる世界のアルバム」（同）
「終わる世界のアルバム」（単行本　アスキー・メディアワークス刊）
「死図眼のイタカ」（一迅社文庫）
「さくらファミリア！1〜3」（同）
「シオンの血族1〜3」（同）
「ばけらの！1、2」（GA文庫）
「剣の女王と烙印の仔I〜VIII」（MF文庫J）
「ブックマートの金狼」（NOVEL 0）
「花咲けるエリアルフォース」（ガガガ文庫）
「生徒会探偵キリカ」シリーズ計7冊（講談社ラノベ文庫）
「蓮見律子の推理交響楽　比翼のバルカローレ」（講談社タイガ）
「放課後アポカリプス1、2」（ダッシュエックス文庫）
「電脳格技メガフィストガールズ」（同）
「この恋が壊れるまで夏が終わらない」（新潮文庫nex）
「神曲プロデューサー」（単行本　集英社刊）
「六秒間の永遠」（単行本　幻冬舎刊）

本書に対するご意見、ご感想をお寄せください。

ファンレターあて先
〒102-8177　東京都千代田区富士見 2-13-3
電撃文庫編集部
「杉井 光先生」係
「春夏冬ゆう先生」係

本書は書き下ろしです。

電撃文庫

楽園ノイズ5

杉井 光

2022年8月10日　初版発行

発行者　青柳昌行
発行　株式会社KADOKAWA
〒102-8177　東京都千代田区富士見2-13-3
0570-002-301（ナビダイヤル）
装丁者　荻窪裕司（META＋MANIERA）
印刷　株式会社暁印刷
製本　株式会社暁印刷

●お問い合わせ
https://www.kadokawa.co.jp/（「お問い合わせ」へお進みください）
※内容によっては、お答えできない場合があります。
※サポートは日本国内のみとさせていただきます。
※Japanese text only

※定価はカバーに表示してあります。

ISBN978-4-04-914395-9　C0193　Printed in Japan

電撃文庫　https://dengekibunko.jp/

電撃文庫創刊に際して

文庫は、我が国にとどまらず、世界の書籍の流れのなかで〝小さな巨人〟としての地位を築いてきた。古今東西の名著を、廉価で手に入りやすい形で提供してきたからこそ、人は文庫を自分の師として、また青春の想い出として、語りついできたのである。

その源を、文化的にはドイツのレクラム文庫に求めるにせよ、規模の上でイギリスのペンギンブックスに求めるにせよ、いま文庫は知識人の層の多様化に従って、ますますその意義を大きくしていると言ってよい。

文庫出版の意味するものは、激動の現代のみならず将来にわたって、大きくなることはあっても、小さくなることはないだろう。

「電撃文庫」は、そのように多様化した対象に応え、歴史に耐えうる作品を収録するのはもちろん、新しい世紀を迎えるにあたって、既成の枠をこえる新鮮で強烈なアイ・オープナーたりたい。

その特異さ故に、この存在は、かつて文庫がはじめて出版世界に登場したときと、同じ戸惑いを読書人に与えるかもしれない。

しかし、〈Changing Times,Changing Publishing〉時代は変わって、出版も変わる。時を重ねるなかで、精神の糧として、心の一隅を占めるものとして、次なる文化の担い手の若者たちに確かな評価を得られると信じて、ここに「電撃文庫」を出版する。

1993年6月10日
角川歴彦